JN240980

# アルマンゾル

## Almansor

Eine Tragödie

ハインリヒ・ハイネ

今本幸平 訳

法政大学出版局

# アルマンゾル

ハインリヒ・ハイネ

今本幸平 訳

法政大学出版局

Heinrich Heine

Almansor. Eine Tragödie

Dümmler, Berlin 1823

目次

## 作品の舞台

十五世紀末から十六世紀初頭、レコンキスタ終結後のスペイン、グラナダ

## 主要登場人物

アルマンゾル・ベン・アブドゥラ[1]：ムーア人の青年
アブドゥラ：アルマンゾルの父
ファツマ：アルマンゾルの母
ハッサン：アブドゥラの従者
アリー：キリスト教に改宗したムーア人（改宗後ドン・ゴンサルボ）
スレイマ：アリーの娘（改宗後ドニャ・クララ）
ドン・エンリケ：スレイマの婚約者
ドン・ディエゴ：エンリケの仲間
ペドリーリョ：アリーの屋敷の使用人
修道院長

# アルマンゾル　悲劇

私が皆さんに友情をこめて歌うこの歌を
現実離れした全くの幻想だとは思わないでいただきたい！
皆さん、これは半分は叙事的ですが、半分は劇的なもので、
その狭間に、幾多のやさしい抒情の花が咲きます。
素材はロマン的であり、形式は造形的。
しかし全ては心情から生まれたものです。
キリスト教徒とイスラム教徒、北と南は争いあいますが、
最後には愛が生まれ、安寧をもたらします。

荒廃したムーア人の古い屋敷の内部

脇の窓から沈む太陽の光が差し込んでいる。アルマンゾルが一人でいる。

**アルマンゾル**

昔からの愛しい床、
なじみのある、刺繍の彩り豊かなじゅうたん、
その上を、父祖たちの神聖な脚が歩き回っていたものだが、
今では虫が絹糸の花々を蝕んでいる。
まるで徒党を組むスペイン人の奴らのようだ。
古くからある忠実な柱は、
誇り高き家を支えてくれる、誇り高き大理石。
子供のころ、俺はよくここにもたれかかっていたな。
おお、我らがゴメル家とガンスル家が、
アベンセラーへ家と誇り高きセグリ[2]家が、
ここにある柱のように忠実に
輝くアルハンブラの王の玉座を支えていたなら！

昔からある立派な壁は、
滑らかな板張りで、素敵な絵で彩られ
疲れた旅人に、いつでも宿を提供していたもんだ！
この立派な壁は客が好きなんだな。
今じゃあ、フクロウとミミズクしか来やしないが。

（窓際へ歩く）

静かだな！　太陽よ、お前だけが、俺の話を聞いてくれたたな。
お前は気の毒そうに、俺に残照を投げかけてくれる。
俺が歩く暗い道にも、光を振りまいてほしいものだよ！
慈悲深い太陽よ、俺の感謝の言葉を聞いてくれ。
お前もモーリタニアの浜へ逃げるがいい、
そしてアラビアの永遠に明るい野へ逃げるがいい——
おお、恐れよ、ドン・フェルナンドとその取り巻きたちを。
奴らはあらゆる美しい光に憎しみを誓ったのだ。
おお、恐れよ、ドニャ・イサベルを。
あの高慢な女はダイヤのきらめきをまとい、
夜でも自分だけは輝きを放つと信じている。

おお、お前も逃げるのだ、この不穏なスペインの大地から。
お前の妹分は、金色にそびえ輝くグラナダは、
とっくに沈んでしまったのだからな！

（窓際から離れる）

胸が締めつけられるようだ。
まるで、沈みゆく太陽の炎の玉が
この哀れな弱々しい胸の上へ転がってきたみたいに。
俺の体はもろい灼熱の灰のようだ。
足元では大地が揺らいでいる。
ここはこんなにも慣れ親しんだ場所なのに、不安でたまらなくもある！
穏やかに頬を冷やすそよ風が、
とうに消えてしまった時代からの挨拶をささやきかける。
絶え間なく動くあの影の中に、
俺は子供のころのおとぎ話を見る。
それは動き回り、俺にうなずき、
利口な顔つきで微笑みかけ、そして不思議がる。
このなじみの友がこんなに怯え、こんなによそよそしく振舞うのを。

あちらには愛しい亡き母の姿が揺らめき出て、
悲しそうに心配してこちらを見て泣いている。
そして白い手を振り、手招きしている。
父も向こうに座っている。
緑色のビロードのクッションに座って、静かにまどろんでいる。

（アルマンゾルは物思いにふけりながら立っている。真っ暗になり、背後に一人の人物の姿が見え、松明を手に通り過ぎる）

向こうでちらちらと霧のようなものが通って行ったな？
俺の周りをひらひら飛んでいたのは、ただのまやかしだったのか？
向こうを歩いていたのは、ハッサン翁《おう》じゃないか？
ハッサンの亡骸は墓の中のはずだが。
魂だけが今なおあたりを歩き回って
生前忠実に守っていたこの屋敷を、見張っているのだろうか。
ざわざわと音がするぞ、何かが転がる音もするな。鈍い音がだんだん近づいてくる。
まるで俺に骸骨の手を差し出して挨拶しようと、
父祖たちが墓から起き上がってくるようじゃないか。
白く冷たい唇で歓迎の口づけをしようとしているのか――

やはり来るか――挨拶というのは俺を殺すことのようだな――

(数人のムーア人が輝くサーベルを持ってなだれ込んでくる)

**第一のムーア人**

そういうことさ!

**アルマンゾル**

(剣を抜いて)

ならかかってこい。

奇跡に満ちた輝く護符よ

俺をこの悪漢たちから守ってくれ。

**第二のムーア人**

よそ者め、どうやって俺たちの屋敷に入り込んだ?

**アルマンゾル**

それはこちらが聞きたい。この屋敷は俺のものだ。

俺の正当な権利を

(剣を示して)

この弁護人に

貴様らの肌に真っ赤な筆跡で書かせるとしよう。

第一のムーア人

おい！　俺らの弁護人が異議ありと言ったら

その舌鋒は鋭いぞ。本当だぞ。

鉄の声がキンキン鳴り響くんだからな。

（彼らは戦う）

第一のムーア人

おや！　お前の弁護人は大そうカッカしてるじゃねえか。

弁論の火花が散ってるぜ。

アルマンゾル

黙れ。お前の血でその熱を冷ましてやる。

第三のムーア人

お楽しみはもう終わりだ。降参しろ。

（ハッサンが左手に松明、右手にサーベルを持ち、荒々しく突き進んでくる）

ハッサン

おいおい、お前たち！　この老いぼれをお忘れなすったか？

仇討ちこそわしの生きがい。そうじゃろう。

そしてそやつはわしの獲物。わしが奴を殺さねばの。

（ハッサンはすでに消耗しているアルマンゾルと戦う。ハッサンがまさにアルマンゾルを倒そうとしたとき、松明の光に照らされたアルマンゾルの顔を見て驚き、アルマンゾルの足元にくずおれる）

なんと！　アルマンゾル・ベン・アブドゥラ様！

**アルマンゾル**

いかにもそれは俺のことだが、そういうお前はハッサンか。

立つのだ、我が家の忠実なしもべよ。

夜の闇に惑わされたな。

危うく父の屋敷が俺の墓場に、

古いゆりかごが俺の棺になるところだった。

**第一のムーア人**

ベレー帽とマントのせいでスペイン人かと思ってしまったぞ。

俺たちはスペイン人にしか剣を向けないからな。

**ハッサン**

（ゆっくりと立ち上がり、厳格な口調で）

アルマンゾル・ベン・アブドゥラ様、いったいどういうことですかな。

なにゆえにスペインの服など身にまとっておられる？

誰なのです、この高貴なベルベル馬に

こんなピカピカした色鮮やかなヘビ皮をかけたのは？
アブドゥラのご子息よ、この毒々しい覆いを取り払ってくださらんか。
高貴な馬よ、このヘビの頭を踏みつぶすのじゃ！

**アルマンゾル**

（微笑みながら）

相変わらず、老いても熱い男だな、ハッサンは。
色や形にこだわるところも変わっていない。
ヘビの皮ってのはヘビ除けになるんだ。
オオカミの毛皮があれば、無防備で信心深い子羊が
森をさ迷い歩くのを守ってくれるのと同じことさ。
帽子やマントを身につけていても、俺はムスリムだ。
この胸の中にはターバンを巻いているからな。

**ハッサン**

アラーに栄光あれ！　アラーに栄光あれ！
同志たちよ、休んでくれ。わしが見張りに立とう。
このハッサン翁、突如として若返ったわい。

（ムーア人たち退場）

**アルマンゾル**
同志と呼んでいたあの男たちは何者だ?
**ハッサン**
アラーがこの国でお抱えの
忠実なしもべたちの残党です。
ああ!　その人数はわずかで、日に日に減っています。
その一方で、ならず者の数は日に日に膨れ上がっています。
**アルマンゾル**
おお、グラナダも落ちぶれてしまったもんだ!
**ハッサン**
内には不和、外には奸計が荒れ狂う[3]、
そんな二重の敵がいる町など、落ちぶれるはずです。
おお!　夜の呪いじゃ。女の奸計が
男の強欲と甘く戯れたのです。おお!　夜の呪いじゃ。
燃えるような抱擁を交わしながら、
グラナダを滅ぼそうと協議されたのです。
おお、夜の呪いじゃ。ドン・フェルナンドが

ドニャ・イサベルの新床に上がったあの夜の[4]！
あの夫婦が不和の火花をあおると、
たちまち家を飲み込む炎が揺らめきます。
強力なレオン[5]の投げ槍によってではなく、
高慢なアラゴン[6]の槍によってでも、
カスティーリャ[7]の騎士の剣によってでもなく――
ただグラナダ自身によってのみ、グラナダは倒れたのです！
無防備にゆりかごで眠る我が子を
産みの親が謀殺したり、
息子が父の神聖な頭に向けて
邪悪な右手を握りしめたり、
弟が兄の屍を踏んで
血まみれの玉座の階段を無遠慮にのぼったり、
そして責務を忘れた王国の要人たちが
あさましく宿敵の旗につき従ったり、
そんなことをしていれば、首都の門を守る天使たちは
恥ずかしさのあまり顔を覆い、逃げ出して、

敵の群れが無傷で国に入り込んでしまうのです。

**アルマンゾル**　俺はまだ災いをはらんだあの日のことを思い出す。俺が下の、屋敷の門のところに立っていると、突然黒い馬に乗った騎兵がこちらへ急ぎ駆けてくるのだ。取り乱して、うろたえた目をしていた。息せき切ってその男は、父はいるかと問い、階段を駆け上がっていった――そして彼は父が広げた腕の中に身を沈めた。その時俺はようやく、それがあのアリー大人《たいじん》だと気がついた。

**ハッサン**　（苦々しく）アリー大人、か！

**アルマンゾル**　アリーよ、どんな知らせなのだ、言え！父は急いでそう言った。――おお、その時、血で濁った幾筋もの涙が、アリーの頰を流れ落ちた。むせび泣きながら彼は言った。「グラナダに、

ドン・フェルナンドとイサベルが入城し、
ラッパの音が響き渡りました」と。
そしてボアブディル王がひざまずいて、
彼らに金の鉢に載せた鍵を渡し、[8]
アルハンブラ宮殿の塔の上には
カスティーリャの旗とメンドーサ[9]の十字架が立っています、と。

**ハッサン**

（目を閉じたままで）
おお、どうかお慈悲を、アラーよ！
頭に残るあの無残な光景を消し去ってくだされ！

**アルマンゾル**

今でも目に浮かぶぞ、あの知らせを聞いた衝撃で
みんな舌が冷たくしびれたように言葉を失ったのを。
青ざめて押し黙り、うつろな目をして我が父は立っていた。
腕をだらりと下げ、
膝はがたがた震えていた。そして父がくずおれると、
女たちが悲鳴と泣きわめく声をあげた。

ハッサン
頭に残るあの無残な光景を消し去ってくだされ！
アルマンゾル
アリー大人はその時、俺を胸に抱きしめてくれたよ。
涙に濡れる俺の目を遮ってくれたのさ。
みんなが悲嘆にくれている光景を俺に見せないように。
そして俺の手を引いて、自分の馬に俺を乗せてくれて――
ハッサン
（辛《つら》そうに微笑んで）
そしてあなたを、素敵なお屋敷へ連れて行ったのでしたな。
そこで愛らしいスレイマがあなたを迎え入れた。
するとあなたの目を濡らした涙は微笑みに変わり、
恐らくはキスを――
アルマンゾル
ハッサン、お前は意地の悪い奴だな！
あの時の俺がまだ子供だったことを忘れるなよ。
それに誤解するな。スレイマの目の輝きは

俺の涙を引かせることなどできなかったさ。
俺はアリーの屋敷からこっそり抜け出して、
すぐにここへ戻ってきたんだ。
ここで父は地べたをのたうち回っていた。
服は破れ、頭は灰まみれ。
白いひげはぼさぼさだった。
父の横には、母が泣きながら横になっていた。
侍女たちと一緒に、黒いベールをかぶってな。
そして静かになって、だれか一人が
ため息をつくように「グラナダよ！」と声を発すると、
変わらぬ嘆きの声が、二倍にもなってあふれ出た。

**ハッサン**

（泣きながら）

涙の泉よ、永遠に涸れてくれるな！

**アルマンゾル**

そんなしょぼくれた顔をするなよ、ハッサン。
お前には獅子のごとき反骨心のほうがずっと似合うぞ。

輝く鎧に下げた武器を鳴らしながら、お前はその反骨心に満ちて
広間に入ってきて俺たちを驚かせたじゃないか。
俺にはあの時のお前の姿が今でも目に浮かぶ。お前は父にこう言ったんだ。
「私はこれ以上あなたにお仕えできませぬ、アブドゥラ様。
なぜなら今は神がしもべを求めているからでございます」ってな。
そう言って、お前は迷いのない足取りで屋敷を出て行った。
それ以来、お前の顔を見ていなかったが。

ハッサン
私が仲間に加わったのは、
熱き心をもって、寒い山の高みへと
逃れた闘士たちでした。
万年雪が決して消えぬように、
私たちの胸の内なる炎も、決して消えませんでした。
山が決して揺るがぬように、
私たちの忠実な信仰心も、決して揺らぎませんでした。
そして山の上から岩の塊が
すべてを打ち砕きながら転がり落ちてゆくように、

私たちは山の上から、キリスト教徒たちが住む谷へと
奴らを粉砕すべく、何度も突撃してゆきました。[10]
奴らの今際《いまわ》のきわの喘ぎ声、
遠くでみじめに響く弔いの鐘の音、
その合間でうつろにこだまする怯えるような歌声、
それは私たちの耳には忘我のごとく、甘く響いたものでした。

しかし、そんな血の訪《おとな》いに応えて、
先ごろデ・アギラール伯爵[11]が、手下の騎士たちを従えてやってきました。
あの男が私たちに引導を渡したのです。
耳をつんざくようなラッパの甲高い音を聞きながら、
鈍い太鼓のような大砲の音を聞きながら、
カスティーリャの祭りの最後のバイオリンの響きを聞きながら、
そして、弾丸が楽しげな明るい口笛のような音を立てて飛ぶ音を聞きながら、
突然多くのムーア人たちが天に召されたのです。
私たちのうちわずかな者だけが、あの修羅場を免れました。

しかしアルマンゾル様、教えてくださらんか。あなたはどうしていたのです?
先ほどの者たちと私は先日こちらへ逃れてきました。
目についたのは、荒れた広間のみで、悲しげに
むき出しになった壁が、私を見下ろしていました。
悲しげな屋敷の姿が、悲しげな予感を呼び起こしたものです。

**アルマンゾル**

泣き言を言うな。
愛すべき死者たちとアルマンゾルの苦悩を呼び覚ますなよ。
あの時にわかっただろう。あの不幸は、
黒い馬に乗ったアリーがもたらしたんだ。
不幸にはお供がつきものさ。
グラナダからは毎日のように、
もっとひどい知らせが届いたよ。
熱い砂嵐が吹きつけたときに、
旅人が素早く顔を地面に伏せるように、
俺たちは幾度も、涙ながらに地面に崩れ落ちたものさ。
だからそんな知らせの毒々しい息吹にやられることはなかったよ。

まもなくして、俺たちの導師や、
修道士や法学者たちが棄教したと聞いたんだ――

ハッサン
信仰を売りつけるなら
まずは君子《くんし》様からということですな。

アルマンゾル
じきに俺たちは、あの立派なセグリ氏も
死の臆病風に吹かれて、十字架を抱きかかえたと聞いたよ。[12]
多くの民が、お歴々を手本として後《あと》に続き、
何千人もの人々が、洗礼のために頭をかがめたと――

ハッサン
元からいた多くの罪人《つみびと》が、新しい天国におびき寄せられたのです。

アルマンゾル
あの恐ろしいヒメネスが、
広場の真ん中でさ、グラナダの――
舌がうまく回らないや――コーランをだよ、
燃え上がる薪《たきぎ》の山に投げ込んだっていうじゃないか[13]！

ハッサン
あんなものは序の口にすぎません。
本が焼かれるところでは、いずれ人も焼かれるのです。

アルマンゾル最後に最悪の知らせが届いたんだ。(言葉に詰まる)
あのアリー大人もキリスト教徒になったって。

(間を置く)

その時、父の目からは一滴の涙もこぼれなかったよ。
嘆きの声が口からもれることもなかった。
白髪の頭を掻きむしりもしなかった——
ただ顔の筋肉が引きつったようにピクリと、
それから大きくゆがんだように動いて、そして突然
胸の中からつんざくような、鋭い笑い声がほとばしった。
俺が静かに涙を流しながら近づくと、
あわれな父は、狂気のような怒りにとらわれた。
父は短剣を抜いて、俺のことをヘビの子と呼んだ。
そして俺の胸を刺し貫こうとしたかと思うと——

突然、父の口元の苦痛が和らいだんだ。
「お前に罪の償いをさせることはなかろう」と父は言った。
そしてよろよろと、自分の静かな部屋へ入って行ったよ。
それから部屋の中で黙ったまま、飲まず食わずで三日間さ。
だけど出てきたときは、
まるで見違えるようだったよ。穏やかだった。
父は下僕たちに、家財一式を
ラバと荷車に積み込むよう命じた。
女たちには、長旅に備えて
酒とパンを用意するよう命じた。
すべてがそろったとき、父が腕に抱えて
自ら運んだのは、何より大事な宝物。
ムハンマドの戒律の巻物だった。
かつて祖先がスペインに持ってきた、
古の神聖な羊皮紙の巻物だよ。
そうして俺たちは故郷の地を離れたんだ。
半分ためらい、半分急いで進んでいった。

柔らかな腕と、とろけるように優しい声で、
目に見えないものに引き戻されるかのように、
しかし同時に狼の遠吠えに、先へ先へと駆り立てられるかのように。
今生の別れの時に、母とキスを交わすときのように、
俺たちは、スペインのマートル[14]とレモンの森の香りを
夢中になって吸いこんだ。
そのあいだ、木々は嘆いているように俺たちの周りでさざめき、
物悲しいほどに甘い風が俺たちの周りに漂った。
悲しそうな鳥たちは別れを告げるように、
黙って歩く俺たちの周りを黙って飛び回っていた。

**ハッサン**

あなた方はその両手にしっかりと
父祖の信仰という最上の旅の杖をお持ちでしたな。

**アルマンゾル**

ターリクが初めてこの国に足を踏み入れた場所[15]から
俺たちはすぐにモロッコへ渡った。
我が民族のお偉方たちもそこへ逃れた。

しかし、俺たちが上陸したとき、母は亡くなったので、
亡骸をしめやかに埋葬したんだ。

**ハッサン**

粗野な手で見知らぬ土地に植え替えられては、
か弱い百合の花はしおれざるを得ますまい。

**アルマンゾル**

それから俺たちは喪服を着て旅をしたよ。
そして巡礼のキャラバン隊に加わった。
信心深く聖地メッカを目指すキャラバン隊さ。
同族の仲間の国イエメンで、
アブドゥラもその泣きはらした目を閉じた。
ふるさとを夢見て眠っているんだ。
ヒメネスもイサベルもいないふるさとを。

**ハッサン**

アラビアには亡き父上を
弔える場所もなかったのですか？

アルマンゾル

おお、目に見えぬ炎の試練に駆り立てられて、
安らぎを失った者の苦しみを、お前なら知っているだろうに。
俺はもう一度スペインの地にキスをしたかったのだ——

ハッサン

そしてあわよくばスレイマの唇にも、ですな。

アルマンゾル

（真剣に）

父上の家来は、その息子の主人というわけではないんだぞ。
だからハッサン、ひどいこじつけはよせ。
ああ、正直に言うが、俺はスレイマに恋焦がれている。
砂漠の砂が朝露を渇望するようにな。
今夜にも俺はアリーの屋敷へ向かう。

ハッサン

行ってはなりません！　新たな信仰が芽吹く
あんなペスト患者の家のようなところに近づいてはいけません。
行けば甘美なやっとこの響く音とともに

胸の奥から昔なじみの心が引っ張り出されて、
代わりにヘビを入り込まされてしまいます。
明るく燃える熱い鉛のしずくを注がれるんですよ、
頭の上からね。そしたらもうあなたの脳は
荒れる狂気の苦しみから立ち直れなくなるのです。
そこでは昔の名を取り上げられて、
新しい名が与えられます。そうなれば、あなたの天使が
昔の名であなたを呼んで戒めても、
もう無駄です。おお、恋に惑いし子よ、
アリーの屋敷へは行きなさるな――もしもあなたが
アルマンゾルだとばれたら、おしまいですよ!

**アルマンゾル**

心配するな。誰も俺だとわからないさ。
俺の顔には悲痛の深いしわが刻まれているし、
目は塩辛い涙でくすんでいる。
足取りは夢遊病者のようにふらついているし、
声は心同様につぶれているしな――

誰が俺のことをあの潑溂としたアルマンゾルだと思う？
そうだよハッサン、俺はアリーの娘を愛している！
もう一度だけ、俺は会いたいんだ、あの人に！
もう一度、彼女の愛らしい姿を見て、
甘く酔いしれて、
彼女の目の中に俺の魂を浸し、
その甘い息吹をほしいままにしたら、
俺は再びアラビアの荒野へ行き、
マジュヌーンが座って、ライラの名をため息とともに吐き出した[16]、
あの急な岩山に腰を下ろすんだ！
だから心配しないでくれ、ハッサン翁。
屋敷の中では目立たないように、ばれないように
スペインのマントを着て歩くよ。
それに夜の闇も俺の味方になってくれるさ。

**ハッサン**

夜をあてにしてはなりませんぞ。夜は黒いマントに
悪意のある醜いものや、イモリやヘビを隠しておいて

ひそかに足元にそれを放り投げてきますからな。
青白い顔をした夜の愛人も信じてはなりません。空の上で
雲の中から色目を使うように目配せしてきて、
すぐに意地悪く、斜め上から青白い光で
あなたの行く手を阻む恐ろしい者の姿を照らし出すのです。
空にいる夜の落とし子のことも決して信じてはなりません。
生き生きと瞬いて、親切そうにふるまい、
愛らしく、媚びを売るようにうなずく金色の子供たちではありますが、
最後はあなたを嘲り、無数の焼けつく指を
さしてくるでしょう。
アリーの屋敷へは行きなさるな！　入り口には
三人の黒い肌の女たちが座って、あなたの帰りを今か今かと待っているのです。
あなたを絞め殺してしまうほど、熱烈に抱きしめて、
愛の口づけであなたの胸の血を吸いつくしてやろうとね。

**アルマンゾル**

水車を止めたければその輻《や》に身を投げ出すがいい、
あふれる水を胸で押し戻すがいい、

山の泉が崩壊するのを両腕で押しとどめるがいい――
だが俺がアリーの屋敷へ行くことは止めてくれるな。
俺を引き寄せる無数のダイヤモンドの糸は、
俺の脳の血管にも、
心臓の筋肉にも織り込まれているんだ、ハッサン。
ゆっくり眠れよ！　なじみの剣が俺のお供だ。

**ハッサン**　あなたのなじみの信仰が、導きの光となりますように。

アリーの屋敷

明るく照らされた書斎。大きな中間扉がある。踊りの音楽が聞こえる。ドン・エンリケがスレイマの足元にいる。

ドン・エンリケ

（大仰に）

不思議な香りが、私の感覚を麻痺させています。
恐ろしいことに、自分が何をしでかすかわからないのです！
あなたの足元に、あがめるようにくずおれて、
あなたを聖女として受け入れます！
あなたは天国の光の女王だ。
世俗の愛では近づくことも許されない！
たとえヒュメーン[17]の絆が我々を包んだとしても――
私はしもべとして、いつもあなたの足元におります！

（音楽がやむ。この語りかけのあいだに、ドン・ディエゴが部屋に忍び入っている。そして中間扉の両翼を開くと、人でいっぱいの華やかな舞踏会の広間が見える。踊っていたペアは立ちつくして、楽しそう

にドン・エンリケとスレイマのほうを見ている。何人かが声をあげる）

万歳、万歳、万歳！　我らが美しい新郎新婦！

（トランペットの短いファンファーレ。ドン・エンリケが立ち上がる。ドン・ディエゴはそっと立ち去る。中間扉は開いたまま）

**スレイマ**　（真剣に）

広間へ連れて行ってくださいな。

**ドン・エンリケ**　（彼女に腕を差し出し、困惑して）

セニョーラ、私の召使です。

あのいたずら好きがやったんです。

**スレイマ**

結構ですわ、セニョール、構いません。

（アリーと一人の騎士が扉の内側で前場の人々のほうへ進み出る）

**アリー**　（ドン・エンリケの腕をつかんで）

いや、クララ。お前の花婿のことは私に任せなさい。

ここにいるドン・ロドリゴがお前を広間へ連れて行ってくれるからね。

（スレイマは騎士に連れられて退場。中間扉が閉じられる）

**ドン・エンリケ**

いったいどういう――

**アリー**

（真剣に）

お忘れですか。

結婚式の前に、あなたにお伝えすると

お約束していた秘密の話が

まだでしたな、セニョール？

**ドン・エンリケ**

（好奇に満ちて、こびるように）

ああ、あなたは、

私のためにたいそう力になってくださいました――

**アリー**

私は何も。

本当にドニャ・クララ次第だったのですよ、

あの子があなたとの結婚を受け入れるかどうかは。

**ドン・エンリケ**　いいえ、セニョール。
あなたの声が、父であるあなたの声が重要だったんですよ。

**アリー**　私にはあなたとクララの結婚を承諾しない理由があるにはありました。
しかし、その権限はなかったのです。
なぜなら、私はクララの父親ではないからです。

**ドン・エンリケ**　（小声で）父親ではない？

**アリー**　（微笑んで）心配はいりませんよ、セニョール。
証書によって、つまり遺言状の力によって、
私はあの子を自分の娘として認知したのです。
今におわかりになりますよ。なぜクララだけが、

自分の結婚に関して思うようにできたのか。
しかし覚えておいてくださいよ。ここでは誰一人、あの子自身も、
この秘密を知らないということを。

ドン・エンリケ

セニョール、私は驚いたとしか——

アリー

花婿であるあなたにお話ししないわけにはいきませんからね。
しかし誓ってください。このことは黙っていると。
花嫁の前でもです。私はあの子に
大きな苦しみを味わわせたくないし、
あの子のやさしい心から安らぎを奪いたくはないのです。

ドン・エンリケ

（アリーと握手をして）

騎士の名誉にかけて、沈黙を誓います。

アリー

ご承知のように、私は昔からドン・ゴンサルボと呼ばれていたわけではありません。

ドン・エンリケ

皆が名づけた、アリー大人《たいじん》という名も
負けず劣らず美しい立派な名でした。

アリー

そうです、アリー大人と私は呼ばれていました。
しかし、もっとふさわしい呼び名があるとすれば、
果報者、ですかね。アリーはかつて幸せでした。
友情と愛情によって。

一人の友という
宝の中でも最も得がたいものを、神は私に与えてくださったのです。
そして妻も。美しく穏やかな妻を——
いや、彼女を妻と呼んでは罪になるな——
一人の天使が、私の至福の心に寄り添っていたのです。
そして父になる喜びも、私は味わうはずだった。
私のやさしい妻は、一人の男の子を産んでくれました。
しかし妻は産後の肥立《ひだ》ちが悪く、
亡くなってしまいました。

その時、友が私の心に慰めを注いでくれたのです。
ちょうど同じ時期に彼の妻が
娘を産みました。この立派な女性は、
母親を失った私の子を引き取って、
乳を飲ませ、実の母親のように面倒を見てくれました。
私は再び彼の屋敷へ赴き、
心配ばかりかける息子を引き取ったのですが、その子を見ていると
私はいつもあのころの苦しみに改めて捕らえられました。
彼の亡き母のためにです。このことに、
私の賢明な友は気づいていました。そして私にこう言ったのです。
「私たちの友情をより固く結ぶために、
お互いの子供たちを今から婚約させる、
というのはどうだろうか、アリー？」
私は声を上げて泣きながら、友の腕の中に飛び込みました。
そして同時に決められたのが、
私が友の娘を引き取って、
乳母のもとで、この屋敷で育てるということでした。

私自身の手で、息子のために立派な妻を育てるためです。
そして私の息子は友に、
育てられることになりました。彼自身の手で、
一人娘の未来の夫を育てるために。
そういうことです。

ドン・エンリケ

続きが気になりますね。

アリー

子供たちは成長して、頻繁に会うようになり、
愛し合うようになりました。――あの嵐が来るまでは。
あなたもご存知でしょう。あの嵐の雷光が、
アルハンブラの最も高い塔に落ち、
グラナダの最も高貴な家系がいくつも
十字架の宗教に鞍替えしたのを。
ご承知のように、敬虔なキリスト教徒の乳母が
早くからスレイマの柔和な心を
首尾よくキリストのものにしていましたから、あの優しい子は

じきに救世主を信じると公言しました。
そして洗礼の聖なる秘蹟によって
クララという美しい名前を得たのです。
私も同じ道を辿りました。自らの心と
愛する里子《むすめ》に従ってね。
私は、志を同じくする友が
同じ教えを信奉すると信じて疑いませんでした。
しかし何ということか、彼は盲目なイスラム教徒でした。
そして知らせを受けて冷酷に怒り、
自分の神の敵を、自分の敵として憎み、
自分の娘であろうと神を拒んだ女の顔など
二度と見たくないと、
そしてこの蛇の国を捨て、
自分の里子である私の息子を
アラーの怒りを鎮めるいけにえとして捧げ、
息子の血で、父の罪をあがなうと、伝えてきたのです。
そしてあの残忍な男はその通りのことをしたのです！

私は彼の屋敷へ急ぎましたが、間に合いませんでした。
彼は姿を消していました。彼が奪ったものも一緒に。
私はかわいそうなあの子にもう会えなかった。
モロッコから来た商人たちが以前、
息子は死んだと伝えてくれましたよ。

ドン・エンリケ
（辛《つら》そうなふりをして）
おお、ひどい！　恐ろしいことです！　胸がつぶれんばかりです！
私の心が血を流しています！　それならあなたはその冷血漢に
さぞ激しく復讐なさったのでしょうね？
奴の実の娘はあなたの手中にあるわけですから。
それで、どうなさったのです？

アリー
（誇らしげに）
キリスト教徒がするように振舞いましたよ、セニョール。
（退場）

ドン・エンリケ

（独白）

ドン・ディエゴにこのことを言おうか？　うん、そうだな、自分が何でも知っているわけじゃないってことを、一度わからせてやろう。あいつは僕のことを馬鹿だと思ってるからな。まあいいさ。一番利口なのは誰なのか、はっきりさせようじゃないか。

（踊りの音楽が再び始まる）

だが今はやめておこう。素敵な調べが呼んでいる。それに、かわいいお嬢様を待たせるわけにはいかないからな。

（退場）

夜。アリーの屋敷の外

窓には明かりが灯っている。楽しげな踊りの音楽が屋敷の中では鳴っている。アルマンゾルは屋敷の前で物思いに沈みつつ立っている。音楽が鳴りやむ。

アルマンゾル

まったく、本当に素敵な音楽だ。ただ惜しむらくは、
シンバルの跳ね回るような明るい響きを聴くと、
心の中を無数のヘビに咬まれたように感じる。
バイオリンのゆったりとしたやわらかい調べを聴くと、
ナイフで胸中を切り刻まれるように感じる。
その合間に鳴り響く高らかなトランペットを聴くと、
稲妻が走るように、脳髄から足まで痙攣が走る。
そして太鼓がとどろくように鳴るのを聴くと、
頭上にこん棒の打撃が降ってくる。

俺とこの建物。どうやったら釣り合うっていうんだ?

（屋敷と自分の胸を交互に指さして）

あちらには喜びが、竪琴の調べとともに住まう。
こちらには苦痛が、毒蛇とともに住まう。
あちらには光が、黄金色のランプとともに住まう。
こちらには夜が、暗い企てとともに住まう。
あちらには美しく愛しいスレイマがいる――

（考え込み、最後に自分の胸を指して）

釣り合っているじゃないか。――ここにもスレイマはいる。
スレイマの魂が、この狭い家の中に住んでいる。
この緋色の部屋にスレイマは座り、
俺の心でボール遊びをする。
そして俺の悲しみの竪琴の細い弦をつま弾く。
スレイマに仕えるのは俺のため息だ。
俺の陰鬱な気分も、黒いエスコート役として
油断せずに門の前で見張っている。

（屋敷のほうを指して）

しかしあちらの高いところ、あの明るい広間のあれは何だ。

きれいに着飾り、人目を引きつつ誇らしげに悠然と歩いている。
品よく着飾ってうやうやしく身をかがめるならず者に、
巻き毛を揺らして愛想よくうなずきかけているな——
あれはスレイマ、だがその冷たい影にすぎない。
ロウ人形の顔に人工的に
ガラス玉の目をはめ込んだ、ただのマリオネット。
ゼンマイ仕掛けで、空っぽの胸を
上下させているだけだ。

（トランペットの強奏）

ああ、辛《つら》い！　あの品よく着飾った奴がまた来たぞ。
あのマリオネットを踊りに誘ってるのか。
優しいガラス玉の目が甘い閃光を放っている！
ロウでできた愛らしい顔が、微笑むように動いている！
ゼンマイ仕掛けの美しい胸が、これでもかと膨らんで！
あっちでは、奴ががさつな手で
すぐに破れてしまう柔らかな匠の織物に触れているのだ——

（華々しい音楽）

遠慮のない腕で抱き、
無秩序な踊り手たちのあふれる荒波の中へ連れ去ってしまう！
やめろ、やめろ！　我が苦悩の霊たちよ、
奴をあのかわいい人の体から引き離せ！
我が怒りの稲妻よ、奴を撃て！
俺の天上人をつかんでいる奴の手を萎えさせろ[18]！
崩れ落ちろ、屋敷の壁よ。
そしてあの忌まわしい男の頭を打ち砕け！

（休止、前よりも静かな音楽）

古い壁はじっとしたままだ。
俺の怒りは壁の石にぶつかって砕け散ってしまう。

丈夫に建てられたものだな、不動の壁よ。
しかしお前たちの記憶力は衰えてひどいものだな。
俺はアルマンゾル。かつては
あのアリー大人のお気に入りで、俺はアリーの膝の上に座っていたんだぞ。
アリーは俺を「息子」と呼んでくれて、

頭を優しくなでてくれた——
そして今俺は、物乞いのように門の前に立っている！
（音楽が鳴りやむ。屋敷の中からは無秩序な声と大きな笑い声が聞こえる）
俺のことを笑っているのだな。よし、俺も一緒に笑うぞ。
（門を叩く）
開けろ！　開けろ！　客人がご逗留だ！
（屋敷の門が開く。ペドリーリョが燭台を持って現れる。彼は門の内側に立っている）

ペドリーリョ
聖ピラトの名にかけて！　ずいぶんと激しいノックですな。
それにいらっしゃるのが遅すぎましたな。舞踏会はもうお開きでございますよ。

アルマンゾル
俺は舞踏会に出たいんじゃない。泊るところを探しているのだ。
俺はよそから来た者で、疲れている。それに夜道は暗いからな。

ペドリーリョ
預言者の髭にかけて——いえつまりその
聖エリ……エリザベスの名にかけて——
この屋敷はもう宿屋ではございません。

ここからそう遠くないところに、旅籠《はたご》とかいうのがございますが。

**アルマンゾル**

つまり、ここにはもうアリー大人はいないのだな。
客をもてなす心がこの屋敷からなくなってしまったということは。

**ペドリーリョ**

聖ヤコブ、コンポステーラ[19]の聖ヤコブの名にかけて！
お気をつけなさいませ、ドン・ゴンサルボ様は、
アリー大人と呼ばれると激怒なさいます。
スレイマ様だけは、

（額をたたいて）

いや、ドニャ・クララ様だけは、
今でもアリーという名を呼ぶことを許されています。アリー様は
あの方も間違えて、クララ様のことをしばしばスレイマと呼んでおりますがね。
かく言う私も、今はもうハマーマーではございません。
ペドリーリョと申します。聖ペテロが若いころに
呼ばれていたのと同じ名で。ハバーバーも、
年寄りの料理女ですが、今ではペトロネラと申します。

聖ペテロの妻がかつて呼ばれていたのと同じ名です。
それと客をもてなす心のことですが、
そんなものは異教徒の風習ですな。
このキリスト教を信じる家からは一掃されましたよ。
失礼いたしますよ！　私は今から客人方の足元を照らしに行かなくては。
もう夜も遅いですし、遠くにお住まいの方も多いもので。
（ペドリーリョは屋敷の中に戻り、門を閉じる。屋敷の中は慌ただしくなる）

**アルマンゾル**

（独白）
引き返せ、おお、巡礼者よ。ここにはもう
あのアリー大人はいないのだから。客をもてなす心も。
引き返せ、おお、ムスリムよ。古くからの信仰は
この館からはとうに出て行ってしまったのだから。
引き返せ、アルマンゾル。昔の愛は
嘲笑とともに門から追い払われた。
そして死にそうにさめざめと泣いているのを、大声であざ笑われた。
名前も人も変わってしまった。

かつて愛と呼ばれたものが、今では憎しみと呼ばれている――
どうやらもう行儀のよい客たちがやってくるようだ。
ここは慎み深く道を空けるとしよう。

（退場）

（屋敷の門が完全に開く。色とりどりの服を着た人々がひしめき合い、声が入り乱れる。明かりを持った召使たちが現れる）

**アリーの声**

いいえ、セニョール、だめです。それはいけません。

**別の声**

夜はこんなに美しく、星も明るく光っているじゃないですか。
ここからそう遠くないところに、私たちの馬とラバがいるんですよ。
それにたおやかなご婦人方を乗せる柔らかな駕籠《かご》も。

**第三の声**

（なだめるように）

ほんの少しの距離ですから、セニョーラ。
あなたの小さな足でも歩けるほどの。

（婦人たち、騎士たち、松明を持つ者たち、楽師たちなどが屋敷から出てくる。婦人たちはそれぞれ騎士

にエスコートされている）

**騎士**
あのかすかな合図、お気づきでしたか、セニョーラ？

**連れの婦人**
（微笑みながら）
今日のあなたは感じが悪いわ。意地悪ね、ドン・アントニオ。
（二人は通り過ぎて行く）

**別の婦人**
（熱心に）
それにしても、刺繍がごてごてしてましたわね。
仕立てもちょっとムーア人風だったわ。

**連れの騎士**
（うわべは真剣そうに）
いやあ、あのかわいそうな娘は何だったのだろうね。
まったく、あんな古い立派なムーア人の衣装を着て？

**婦人**
仮面舞踏会でもあるまいしね。かわいい皮肉屋さん？

（二人は通り過ぎる）

（二人の騎士が腕を組み合って歩いている）

**一人目の騎士**

あの老紳士、怒ってたねえ。
召使がおどおどしながら、ロースト肉が不出来だと
腕を組みながら報告したときだよ。

**二人目の騎士**

（あざ笑うように）

あんなのは何てことないだろ。真っ青になって、唇を噛んでいたじゃないか。
カルロスが大きな声で、野ブタの頭の丸焼きをほめてさ。
預言者は我々の民族にこんな料理を許さなかったなんて、
調子に乗ってふざけて罵ったときにさ。[21]

**一人目の騎士**

（温厚に）

あの年老いた美食家があんなことをしたのは、頭が馬鹿になってたからさ。
酒とロースト肉の匂いで、感覚が鈍ってたんだよ。

**二人目の騎士**

（ずる賢そうに横目でみながら）

馬鹿はしばしば悪意と手を取り合うものだよ。

（二人は通り過ぎて行く）

（別の騎士が二人で話しながらやってくる）

**一人目の騎士**

（注意深くあたりを見回して）

俺たちはおそらく、アリーが招待した中で唯一の元ムーア人のキリスト教徒だったんだ。

それにカルロスが――

**もう一人の騎士**

わかってるよ。アリーの顔が苦痛に引きつってた。

あいつは俺たちを探るような目でじっと見てたな。――誰を信じればいいのやらってな。

（ゆっくりと通り過ぎて行く）

（楽師たちが楽器を調律しながら通りかかる）

**若いバイオリン弾き**

また弦が切れちまった。

老人

そうかい、頭の中の弦は切れないのになあ。
脳みその中の弦はしっかり張らずに、
いつもわしに下らないことばかり聞いてきおって。

若いバイオリン弾き

（媚びるように）

あと一つだけ教えてくれよ。あんたの考えときたら、
バイオリンの弓の毛と同じくらい微に入り細に入ってるよな。
あんたは俺たちの中じゃあ一番利口なんだからな。
あんたのベースが俺たちのバイオリンのあいだにデンと立ってるように、
あんたは俺たちのあいだに立ってるんだよ——
だけど、あんたがそんな風にぶうぶう文句を垂れるのも、あんたのベース譲りだね——
なあ、教えてくれよ。なんだってドン・ゴンサルボは
俺たちが素敵なムーア人の踊りサンブラ[22]をやろうとしたら、
あんなに慌ててびくびくして俺たちのところへ飛んできたんだ？
何だってサンブラの代わりに、
スペインのファンダンゴ[23]をやれなんて命令したんだよ？

老人

（うぬぼれたようにずる賢い表情で）

ふん、訳は知っておるがな、教えてはやらん。
これには政治が絡んでくるからの。

（彼らは通り過ぎる）

（屋敷の中ではドン・エンリケの声がする）

ドン・エンリケ

私にはちゃんと松明持ちがおります。
ディエゴというロバがね。私の足元を照らしてくれますから。

（優しく）

それに、私の前にはいつでも、親しげに導くように、
二つの愛の星が、ドニャ・クララの目が浮かんでいますから！

（入り混じる声。扉は閉じられる。ドン・エンリケとドン・ディエゴ登場。ドン・ディエゴは召使の服を着て松明を持っている）

ドン・ディエゴ

（偉そうに）

役を交代しようぜ、旦那様。

今度はお前が召使、つまり――ロバだ。

**ドン・エンリケ**

（松明を取る）

頑張ったんだ、セニョール。怒らないでくれよ。

**ドン・ディエゴ**

（品位を保って）

本当になあ、セニョール。別人みたいだぜ。
俺がプエンテ・デル・サウーロ[24]の監獄で、
お前と最初に知り合ったときに比べるとさ。

**ドン・エンリケ**

（なだめるように）

怒るなよ。俺はあんたの忠実な弟子なんだから。

**ドン・ディエゴ**

俺の弟子ならもっと愛想よくして、
金持ちのご婦人たちにかわいがってもらわないとな。
か弱い星になぞらえたから何になるってんだ？
愛する人をなぞらえるなら太陽だろうが！

俺たちの国の詩人をもっと上手に暗唱しろ。
そんで舌が回るように油でも塗っとけ。
クララの隣で黙りこくって座りやがって、
口の中で舌が錆びついてたんだろ。

**ドン・エンリケ**

（うっとりとして）

彼女の雪のように白い手に見とれてたのさ。

**ドン・ディエゴ**

（声をあげて笑いながら）

あの娘のダイヤの指輪が光ったせいで
お前の目がくらんで、舌が麻痺してたってんなら、
あんな風にちんまり押し黙ってたのも大目に見てやるのによ。

（皮肉っぽくゆっくりと）

クララの手はもちろんお前をうっとりさせるはずさ、
その手をあの年寄りがいっぱいに満たすわけだからな、黄金で。
そうなりゃ俺も、お前のうっとりの分け前を頂くとするさ、
ジャリンジャリン鳴る、明るい黄金色のうっとりをな！

けど、彼女の白い指をいとおしく弄んだり、
筋肉が柔らかく盛り上がってるところとか、
血管が張り巡らされて青みがかった肌とかの
お楽しみはお前だけに譲ってやるよ！

**ドン・エンリケ**

（カッとなって）

からかうな！　確かに俺はあの父親の財産と結婚するさ、
けど本当のところは、クララの美しさに心打たれたんだ。

**ドン・ディエゴ**

くだらねえ。発作が起きねえように気をつけな！
そんな風に心打たれてたって、媚薬の香りはしやしないぞ。
愛してるんなら心の内じゃなくて外へ向けろ。
感情ってのは全くだめな求愛者だよな。
言葉や顔つき、身振りのほうがずっと上手《うわて》だ。
だがこいつらでもまだ足りないときは、
美しく染まった若々しい頬、
しなやかに盛り上がったマドリード仕込みのふくらはぎに、

コルセット、大きな胸当て、恰幅よくする腹巻みてえな
仕立屋が蓄える武器が頼りだ。
それでもぱっとしなけりゃ、
力ずくで行くしかねえか——
(冷やかに笑いながらドン・エンリケを見て)
セニョール、お前はそのうち知ることになる。
俺が仕立てたあの証書をな。
古い字体と色あせたインクで書いて、
わざと屋敷の中で落としたその文書を
ドン・ゴンサルボが見つけて、中を見たのさ——
(笑いながら)
そうだよ、セニョール。俺に感謝しろよ。俺のおかげで
お前は王子になったんだ。——今は言う通りにしてろ。
俺が仕込んでやった通りに話せばいい。
「宗教」と「倫理」って言葉をふんだんに使え。
監獄で刑吏に殴られた傷を何度も見せて、
善なるもののために戦場で受けた

神聖な傷跡だと言ってやるんだ。
「勇気」という言葉を何回も使うんだぞ。
だが何よりも、その口ひげを何度もひねって見せろ。

**ドン・エンリケ**

あんたの小賢しさには恐れ入るよ、セニョール。
ただ、俺にはあんたの手品のタネがまだわからないんだ。
どうやって坊主たちの気を引いたんだ？

**ドン・ディエゴ**

結局は坊主も商売ってことさ、セニョール。
聖なる方々には聖なる目的がある。
教会の聖杯を買うにも金がいるし、
それを満たす酒もいる。
俺が上手いこと手を回してやったのに気づいてないのかよ？
お前には良い手札をやっただろ。だからお前は、
心《ハート》を女《クイーン》への切り札にして、
キング、つまりあの老人には思うさま十字架《クラブ》のカードを切るんだ。
明日にはゲームに勝つ。明日だ。

そしたらお前の結婚式を祝ってやるよ。

**ドン・エンリケ**

（信心深そうに天を見上げて）

感謝いたします、高きところにおわします父よ！

**ドン・ディエゴ**

ああ確かに、高きところ、だな。あいつは風に吹かれて
サン・サルバドール[25]の高い絞首台で揺れることになるんだからな。

（二人退場）

（アルマンゾル登場）

**アルマンゾル**

色とりどりにめかしこんだコウモリやフクロウたちが
飛んで行ったたな。奴らのうわべだけで耳ざわりな甲高い声が
耳に迫ってきて、全くやってられないよ。
連中のそばじゃ、ろくに息もできない。
スレイマ、君の周りにはこんな夜の鳥が群がっているのか？
君のような白いハトの周りを、こんなカラスどもが飛び回っているのか？
君のような美しいバラに、こんな虫が這いまわっているのか？

君はまじないにかけられたのか、スレイマ?
君を求めるアルマンゾルの姿は、
君の魂の中からすっかり消えてしまったのか?
アルマンゾルとの愛の思い出が、
君の胸の中からため息のように立ちのぼってくることはないのか?

天上では幾多の愛の使者たちが巡礼している。
俺はその一人一人に、何度も愛の挨拶をおくった。
そしてその度に、無数の愛の傷口からは、
俺の熱くたぎる血が、切ないほど甘く流れ出た。
それでもこの使者たちの誰一人として
俺の熱い思いを、愛してやまないあの人に届けてはくれなかった!
恥を知れ、不実な使者たちめ、天上の星め、
お前らはわかったような顔で瞬き見下ろして、
人間の運命の導き手を気取っているんだろう!
お前たちは俺の思いを伝えられなかった——
馬鹿なハトは忠実に、確実に、

砂漠の羊飼いのラブレターを運ぶんだぞ！——

屋敷の奉公人たちは、もう床についたな。
明かりが一本一本消えていって、
残りの一本が向こうの窓越しに光っている。
あの窓を俺は知っているぞ、あそこにスレイマが眠っているんだ。
あの窓辺に立って、俺は素敵な夏の夜に、
幾度もリュートを鳴らした。愛しい人が
やさしい言葉とともに、バルコニーに現れるまで。

（彼はリュートを取り出す）

その古いリュートがこれだ。俺の脳裏には、
あの昔の歌の響きが残っている。昔の魔法の響きに
まだ効き目はあるのかな。

（彼はリュートを奏で、歌う）

金色の小さな星たちは
愛に焦がれて空から見下ろし、

色とりどりの花たちはうなずいて
思い焦がれて高みを見やる。

月はそっと空から眺め
その姿を川面に映すと、
水にもぐって
愛に火照った熱を冷ます。

恍惚を味わいながら、艶めかしく
白いコキジバトたちはキスを交わし、
ホタルは愛の戯れに向かうようにチラチラと
光を放ちつつ、かわいい子目指して飛んでいく。

そよ風は妙に愛らしく身を震わせ
称えるように木々の中を吹き抜けて、
柔らかな夢の影に向かって
キスと愛の挨拶を投げかける。

花たちは胸おどらせ、小川はしぶきを上げ
星は空から駆け下りてくる。
全てのものが目覚め、笑い、歌うと――
　愛の国の扉が開かれる。

**屋敷の中のスレイマの声**
私の周りを心地よく飛び回り
愛しい調べを私の耳に返してくれるのは夢かしら？
私を誘い出そうとして、恋人の甘い声を
巧みに真似ているのは悪魔かしら？
夜中に私の周りを幽霊のように忍び歩くのは、
死んでさまようアルマンゾルかしら？

**アルマンゾル**
君を惑わすように飛び回るのは夢ではない。
君を誘い出そうとしているのは悪魔ではない。
死んでさまようアルマンゾルでもないぞ――

アルマンゾル本人だ、アブドゥラの息子だ。
戻ってきたのだ、いまだ変わらず
生きた愛を、生きた心の中に抱いて。
（スレイマが明かりを持ってバルコニーに現れる）

**スレイマ**

おかえりなさい、アルマンゾル・ベン・アブドゥラ。
ようこそ、この生気に満ちた者の世界へ！
ずっと前に悲しい知らせが届いていたのよ、
アルマンゾルが死んだって。——スレイマの目は
涸れることのない二つの静かな涙の泉になってしまったわ。

**アルマンゾル**

おお、甘美な光、優美なスミレのような目よ、
今も変わらず、俺に忠実でいてくれるんだね。
スレイマの魂はとっくに俺のことを忘れてしまったけれど。

**スレイマ**

目は魂の澄んだ窓なのよ。
そして涙は魂が流す白い血なの。

**アルマンゾル**

母の墓と父の墓の前で
アルマンゾルの魂から血が流れたとしても、
その血が完全に流れ尽きるのは今、
スレイマの愛の墓があるここでなくては。

**スレイマ**

ああ、なんてひどい。ずっとひどい知らせだわ！
胸に切り裂くように食い込んでくる。
スレイマの魂も、血を流し尽くすに違いないわ。

（泣く）

**アルマンゾル**

おお、泣かないでくれ！　赤くたぎる石油のしずくのように
君の涙が俺の心に落ちてくる。
俺の言葉で君を傷つけるつもりなんて全くないんだ！
俺は君を聖遺物のようにあがめたい。
そのそばでは、血に飢えた報復者でさえも
槍から鋭い槍頭《そうとう》を折り取ってしまう。

そのそばでは、ハトやガゼルは
危険な狩人の矢から守られる。
そのそばでは、貪欲な盗賊でさえ
へりくだって祈りの手を合わせる。
スレイマ、君は俺の聖なるカアバ[26]だ。
メッカで俺の熱く燃える唇を、聖なる石に当てるより、
君にキスをしたいと俺は思ったんだ。
君はそれほどに愛しく、しかしまたあの聖なる石のように冷たい！

**スレイマ**

私があなたの聖遺物なら、折り取ってちょうだい、
あなたの言葉の鋭い槍頭を。
その恐ろしい矢を矢筒に収めてちょうだい。
その矢は羽根が生えたように空を切って、私の胸に命中するから。
祈るように両手を組まないで。
そうやってもっと確実に私の心の平安を奪おうとするのね。
アブドゥラ様とファツマ様が亡くなったという悪い知らせに、
私はもう十分苦しんだわ。私はお二人のことを

実の両親のように、いつも愛していた。
お二人とも私のことを、娘と呼んでくださった。
どうか、教えて。ファツマ様が、私たちの母が、どのように亡くなったのか。

**アルマンゾル**

母は寝椅子に横になっていた。
左側で俺はひざまずき、静かに泣いていた。
右側にはアブドゥラが立っていた。じっと黙ったまま。
平和の棕櫚《しゅろ》の枝を持って、死の天使が
母の頭上を漂っているのがはっきりと見えた。
俺は天使から母を奪い返そうとして、
怖れながらも母の手をしっかりとつかんだ。
しかし、砂時計の砂が粛々と落ちてゆくように、
母の手からは命が流れ出していった。
母の青白い顔には、瞬きのように、
微笑みと苦痛が交互に現れては消えた。
俺が母の上に静かに身をかがめると、母は胸の奥から
ため息をついてこう言ったよ。「このキスはスレイマにしてあげて」と。

その名を聞いてアブドゥラはうめいた。
死に瀕した野生の獣のように。
母はもう一言も発しなかった。ただその冷たい手だけが、
何かを誓うように、俺の手の中にあったんだ。

**スレイマ**

ああ、お母様、ああ、ファツマ様、あなたは、
亡くなるまで、あなたの哀れな子を愛してくださった。
しかしアブドゥラ様は暗い墓に降りてもなお、
私のことを憎んでおられる。

**アルマンゾル**

父は墓まで憎しみを持っては行かなかった。それでも、
不意にアリーとスレイマという名が
耳に入ることはあった。その時は、
父の胸の中に嵐が目覚め、雲のように
額を覆い、眼光鋭くなり、
口から呪いの言葉があふれ出たものだ。
そんな嵐が過ぎ去った後《あと》、父は、

ぐったりとして気が抜けたようになり、深い眠りに落ちた。
俺は父が目を覚ますのを待ちわびて、父のそばにいた。
驚いたよ！　父が目を開いたときには、
父のまなざしは、怒りの炎ではなくて、
澄み切った友愛と、信心深い穏やかさのみを湛えていたんだ。
父の唇は狂気の苦しみに荒々しく震えることはなく、
明るい微笑みを浮かべていた。
そして恐ろしい呪いの言葉を吐く代わりに、
静かな柔らかい声で、俺にこう言ったんだ。
「お前の母が望むことを、わしには変えることはできん。
だから行くのだ、息子よ。海を渡り、
スペインへ戻れ。アリーの屋敷へ戻れ。
そしてスレイマを探すのだ。
そしてスレイマに言え――」
その時、死の天使が現れて、
鋭い剣で、アブドゥラの命と最期の言葉を、
素早く断ち切ってしまった。

（間をおいて）

俺は父を埋葬した。だけど、

顔をメッカのほうへ向けるという、イスラムの習わしには従わず、

グラナダのほうへ向けた。父がかつて

自分が死んだら顔をそちらへ向けるように命じていたからだ。

だから父は目をじっと見開いて、

いつも俺のほうを見ているのだ。（少しずつ体の向きを変えながら）

亡き父よ。

あなたは俺が砂漠の砂の中をさまようのをご覧になっていた。

俺がスペインの岸を目指して、航海するのをご覧になっていた。

俺がアリーの屋敷へ急ぐのをご覧になっていた。

俺がここで――

俺はここに、スレイマの前にいます。

教えてください、アブドゥラの霊よ。俺は何と言えばいい？

（黒いマントをまとった人影が登場）

**人影**

その女に伝えよ。汝の大理石の屋敷の黄金の部屋から

降りてこいと。
そしてアルマンゾルの高貴な馬にまたがれと。
棕櫚の木陰が涼やかな国、
甘い薫香が聖なる大地より湧き上がる国、
そして羊飼いが歌いながら、羊を放牧する国、
そんな国には、輝くように白いリネンのテントがあり、
利口な目をしたガゼルと、
首の長いラクダと、
花輪を持った黒人の娘たちが、
色とりどりに飾りつけたテントの入り口におり、
彼らの女主人を待ちわびている——おお、スレイマよ、
かの地へ逃れよ。かの地へ、アルマンゾルとともに。

アリーの屋敷の前庭

花が咲き、朝日に照らされている。スレイマはキリスト像の前で祈り続けている。スレイマがゆっくりと立ち上がる。

**スレイマ**

だけどまだ胸騒ぎがするわ！
心がまだ震えている。これは死んでしまったと泣いたあの方が、
まだ生きていたという喜びのせいなのかしら？
いいえ、そうじゃない。この喜びは、
私の聖なる誓いとは相容れない。
敬虔な修道院長様と交わした約束とも。
アルマンゾルが帰ってきた！
もし、お父様がこのことを知ったら——お怒りが
仇敵の息子に向かないかしら？　お父様の恨みは
まだ消えていない。胸の中には数々の悪霊が
潜んでいて、アブドゥラ様の名を耳にすると、

それらはここぞとばかり立ちのぼってくる。
アブドゥラ様はお父様に何をしたのかしら？　お父様は、
いつもはとてもお優しいのに！　よくお父様の独り言を聞いたものだわ。
夜中にお屋敷の廊下を歩き回っていらっしゃって、
抜き身の剣を手に、叫んでおられるの。「来い、アブドゥラ、
戦おうではないか。血が血を欲している」と。――アルマンゾル！
お父様に見つかってはいけないわ。逃げて！　逃げるのよ！
父親たちの敵対心のせいで、その子供たちが死ぬことになってしまうから。
あなたがお父様の目に決して触れぬように、
私のベールであなたを覆い隠してしまいたい。
嫌な予感がするわ。
私たちがまだ子供で、花嫁花婿さんごっこをしていたとき、
あなたが朽ちたリンゴの木によじ登って、
私があなたに向かって泣きながら、
お願いだからそんな恐ろしい高いところから降りてきてと、
お願いした、その時と同じそわそわとした気持ちがよみがえってくる。
（考え込んで）

「アルマンゾルは死んだんだ」と口さがない人たちが言った。
悪い知らせを信じた悪い心。
そうしてスレイマはよその国の方の花嫁になってしまった!
私はあなたのことを愛したい。兄を愛するように愛したいのです——
私の兄でいて、大事なアルマンゾル!

(スレイマは地面に目をやり、「アルマンゾル!」と言ってため息をつく)

(そのあいだにアルマンゾルはスレイマの背後に現れ、彼女に気づかれないように近づき、両手を彼女の肩に置く。そして微笑みながらため息をついて、同じ調子で「スレイマ」と言う)

**スレイマ**

(驚いて振り向き、長いあいだアルマンゾルを見つめて)

すっかり見違えたわね、アルマンゾル。
あなたは強い人になったように見えるけれど、
奔放な子供のような振る舞いはまだ忘れていないのね。
私が花たちと秘密の話をしているときに、
昔のようにまた私の邪魔をするんですもの。

**アルマンゾル**

(明るく笑いながら)

教えておくれよ、愛しい人！　今「アルマンゾル」と呼ばれているのは
どんな花なんだい？　陰気な名前だ。
葬式の花にはお似合いだろうが！

**スレイマ**

その前に教えてちょうだい、奔放な、暗い顔をした愛しいお方、
昨夜のあの黒い人影はどなただったの？

**アルマンゾル**

昔からの友人さ。君もよく知ってる。
ハッサン翁だよ。心配して、
忠実な獣みたいに、俺の足跡を追ってきたんだ。

そんな暗い顔をするのはよしてくれ、愛しい恋人よ。
君のまなざしを覆い隠す、その黒いベールを外しておくれよ。
蝶がさなぎの殻を脱ぎ捨てて、
そして輝くように色鮮やかな羽根を広げるようにさ。
そうすれば大地も美しい顔を覆っていた夜の闇を
脱ぎ捨てるだろうさ。

太陽は大地にキスをしながら沈んでゆく。
緑の森では甘美な歌が沸き起こり、
泉がさらさらと流れて、ダイヤのようなしぶきをあげる。
かわいい花たちが喜びの涙を流す――
日の光は魔法の杖だ。
全ての花と歌を目覚めさせたし、
アルマンゾルの魂からも、夜を追い払ってしまえたんだから。

**スレイマ**

ここであなたに手招きをする花を信じてはだめ。
あなたを誘う歌を信じてはだめ。
それは死への手招き、死への誘いよ。

**アルマンゾル**

俺は負けない、死にだって負けないよ。
いい気持ちだなあ、我が家にいるような気分だ！
よみがえってくるよ、子供のころの金色の夢が！
ここには俺が楽しく遊んでいた庭がある。
ここには俺に親しげにうなずいてくれた花が咲いている。

ここには俺に毎朝挨拶してくれたマヒワが歌っている——
だが、教えてくれ、愛しい人よ。マートルの花が見当たらないんだ。
昔その花が咲いていたところに、今はイトスギが立っているけど?

**スレイマ**

マートルの花は枯れました。マートルの花の墓に、
その悲しげなイトスギを植えたの。

**アルマンゾル**

ジャスミンとスイカズラの東屋はまだあるね。
そこで一緒に素敵なおとぎ話を語り合ったっけ。
マジュヌーンの狂気の話、ライラの憧れの話、
二人の愛の話、二人の死の話。
ここにはまだあのイチジクの木もあったんだな。
俺がしたお話のご褒美に、君はこの木の実をくれたよな。
ブドウとメロンの木もまだあるじゃないか。
俺たちは長いあいだおしゃべりしては、この実を食べて休んだな——
だけど、教えてくれ、愛しい人。ザクロの木が見当たらないぞ。
昔はそこにナイチンゲールが止まってさえずっていたなあ、

赤いバラに恋の悩みを嘆くように。

**スレイマ**

赤いバラは嵐で散ってしまったし、
ナイチンゲールもさえずりも皆、絶えてしまったわ。
そして花咲くザクロの木の気高い幹は
悪人の斧が切り倒したの。

**アルマンゾル**

ここは気持ちがいいな！　俺の足はこの愛すべき大地に
こっそりつなぎ止められたように離れない。
この愛すべき魔法陣に、呪縛されている。
君という美しい妖精が、俺の周りに描いた魔法陣にだ。
慣れ親しんだ乳香の香りが俺の周囲に漂っている。
花たちは語り、木たちは歌を歌っている。
茂みの中からはよく知っているものが飛び出してくる——

（彼はキリスト像を見つけ、訝しがる）

教えてくれ、愛しい人。向こうに見慣れない像があるね。
俺のほうを穏やかな顔で見つめてくる。だけどとても悲しそうだから、

俺の美しい金色の喜びの盃に、
悲痛な涙が一粒こぼれてしまう。

**スレイマ**

あの聖なるお姿を知らないの、アルマンゾル？
至福の夢の中で、あのお姿を一度も見たことがないの？
これまでの旅路で、現《うつつ》のうちにあのお姿に出会ったことがないの？
よく思い出して、迷えるお兄様！

**アルマンゾル**

もちろん旅の途中であの姿に出くわしたことはあったさ。
スペインに戻ってきた日のことだ。
ヘレスの町に続く通りの左手に、
立派なモスクが輝かんばかりに建っているんだが、
昔は塔の上からムアッジン[27]がこんな風に叫んでいた。
「神は唯一なり、ムハンマドは、
神の使徒なり！[28]」って。それがその時は、
威嚇するような鈍く重い鐘の音が、上から響いてきたんだ。
入り口のところではもう力強いオルガンの音の暗い奔流が、

俺に向かって流れてきていた。
その音ときたら、まるで魔法の釜の中で真っ黒の煮汁が
ぶくぶく湧き上がるように、高くざわざわ舞い上がるんだ。
そして長い腕で引っ張られるみたいに俺は、
その轟音で建物の中に引き込まれたんだ。
その音は俺の胸の周りをヘビのように這いまわり、
胸を締めつけ、俺を咬んだ。
まるでコーカサス山脈が俺の上にのしかかって、
怪鳥シームルグ[29]のくちばしに心臓をつつかれるようだったよ。
建物の中では死者が歌うような、
妙な男たちのしわがれた歌声が響いていた。
厳めしい顔つきで、頭の毛を剃っていて、
花のような衣装に身を包んでいたな。そして、
紅白の上着を着た男の子たちのか細い歌声が響いていた。
その子たちは、合間に何度も小さなベルを鳴らしていたよ。
そして煙を上げるぴかぴかの香炉をゆらしていた。
無数のかすかな光が、

全部金色のきらめきになって降り注いだ。
俺がどこへ目をやっても、
どの壁のくぼみからも、俺にうなずきかけてきた。
俺がここで再会しているのと同じ像がだ。
だがどれを見ても、あの男の顔は、
痛々しく青ざめて、悲しそうだった。
こっちでは激しく鞭で打たれているかと思えば、
あっちでは十字架の重みに押しつぶされていた。
嘲りに満ちて顔に唾を吐きかけられたり、
頭に茨の冠をかぶせられたりしていた。
かと思えば、十字架にかけられて、鋭い槍で
わき腹を刺し貫かれていた。――血だよ、血、血が
どの絵でもあふれ出していたよ。あとほかには、
悲しそうな女もいたな。膝の上に
拷問を受けた男のやせ衰えた屍を乗せていた。
流れ出た真っ黒い血にまみれた、黄色い裸の屍を――
その時、耳をつんざくような鋭い声が聞こえたんだ。

「これはあの方の血です」俺がそっちのほうへ目をやると、
（恐ろしそうに）
今まさに盃を飲み干した男が見えた。
（一息つく）

**スレイマ**

愛の家に足を踏み入れたのね、アルマンゾル。
でも、あなたのまつ毛には蒙昧さが重くのしかかっていた。
あなたは古い異教の寺院の中を
軽やかに舞う明るい光と、
イスラムの湿っぽい礼拝所に澱んでいる
日々のお勤めの気安さが欲しいと思ったのでしょう。
愛はこの地上に住まうために
ずっと謹厳で、もっと良い家を選ばれたのよ。
この家で子供は成熟し、
大人はまた子供になるの。[30]
この家では貧しい者は豊かになり、
豊かな者は喜んで貧しさを受け入れる。

この家では喜ぶ者は悲しくなり、
悲しむ者は元気づけられる。
なぜなら、この地上ではかつて
愛そのものが、哀れな貧しい子として姿を現されたから。
その寝床は厩の中の飼い葉桶。
黄ばんだ藁が頭を置く枕。
そして愚かな者と頭でっかちに追われて、
臆病な鹿のように逃げ出さなくてはならなかった。
愛は金で売られ、裏切られ、
嘲られ、鞭打たれ、十字架にかけられた——
だけど、愛が今際のきわに発した七つの言葉[31]によって、
サタンが天国の門にかけた
七つの鉄の錠前がはじけ飛んだの。
そして愛の七つの傷口が開いたように、
七つの天国が新たに開かれ、
罪ある人も、敬虔な人も、そこへ入っていったのよ。
あの悲しげな女、つまり母のひざ元にいた方こそ、

あなたが屍だと思ったあの方こそが、愛だったの。
ああ、私の言うことを信じてちょうだい。あの冷たい亡骸のもとで、
全ての人が温まれるのよ。
あの方の血からは、アッ＝ラシード[32]の自慢の花壇よりも
もっと美しい花が芽吹いたし。
あの悲しげな女の目からは、
シーラーズ[33]の全てのバラから取れるよりも、
もっと甘い香りの香油が素晴らしく流れ出すの。
あなたも、あの永遠の身体と、永遠の血とともにあるのよ、
アルマンゾル・ベン・アブドゥラ。
あなたは天使たちとともに卓について、
神様のパンと神様のワインを味わうことができるわよ。
あなたも、天国の会堂に住まうことを許されているわ。
あなたが神様の「パンとワイン」を口にすれば、
イエス・キリストはあなたを永遠の客人として、
サタンの強力な地獄の力から守ってくださるもの。

アルマンゾル
君はあの言葉を口にしたね、スレイマ。
この世のものを創造し、統べているあの言葉を。
君は愛という偉大な言葉を口にしたね！
幾千の天使たちがその言葉を喜び歌い、
天国でこだまするように響いている。
君がその言葉を口にすると、空の高いところで
雲がドームの丸天井みたいに大きく広がるんだ。
楡《にれ》の木が、オルガンの音みたいにざわざわ言い始めて、
鳥たちが敬虔な礼拝の歌をさえずる。
大地には乳香の甘い煙がもうもうと立ちこめ、
花咲く芝生が盛り上がって祭壇になるんだ――
この地上が愛の唯一の教会なんだ。

スレイマ
この地上は大きなゴルゴタの丘。
確かに愛は勝つけれど、血も流れるの。

アルマンゾル

ああ、マートルの花で葬送の花輪なんて編まないでくれ。
愛を喪章の中にくるまないでくれ。
君は愛の使徒なんだよ、スレイマ。
愛は君の胸の小部屋に住まっている。
君の目の澄んだ窓から、愛が外を眺めているんだ。
愛の息吹は君の甘い口元から吹いてくる――
ビロードのように柔らかい緋色の枕、
優美な唇よ、お前の上に愛は悠然と座を占める。
アルマンゾルの魂はお前と添い寝がしたい――
なあ、君には母ファツマの最期の言葉が聞こえないのか。
「このキスを、スレイマに、私の娘に」って――

（二人は長いあいだ悲しそうに見つめあい、厳かにキスを交わす）

スレイマ

ファツマ様の今際の口づけ、受け取ったわ。
引き換えに、キリストの命の口づけを受けて。

アルマンゾル
ルビーで縁取られた杯から、
俺が飲んだのが愛の息吹だった。
俺の血管を熱く流れ、
俺の心臓に力を与え、そして焼き尽くしてしまう油を、
俺は炎の泉から飲んだのだ。
（スレイマを抱きしめる）
俺は君を離さない。離さないぞ、スレイマ！
アラーの黄金の広間が開かれていて、
天女たちが黒い目で俺に合図を送ってくれたら、
俺は君を離さず、君のそばにいて、
君の甘美な身体をもっとしっかり抱きしめていよう――
君の天国、スレイマの天国だけが、
アルマンゾルの天国にもなれ。君の神が、
アルマンゾルの神にもなれ。君の十字架が、
アルマンゾルのよりどころにもなれ。君のキリストが、
アルマンゾルの救世主にもなれ。俺は祈ろう。

スレイマが祈るあの教会で。

甘く柔らかな竪琴の響きに包まれて、
俺は恋の波に漂うような至福を味わうんだ――
木々が不思議な輪舞を踊り、
天使たちはじゃれ合いながら日の光と
色とりどりの花粉を俺に向けて降りまく――
天国の静かな輝きが開《ひら》けて、
明るい黄金色の翼が俺を連れて行ってくれるんだ――
天上の至福へと！

（遠くで鐘が鳴る音と、教会の歌声が聞こえてくる）

**スレイマ**

（驚いて振り返り）

大変だわ！

**アルマンゾル**

俺をこの上ない幸せな夢にそっと包んでくれた、
黄金色のベールを破るあの暗い響きは何だ？

急に顔色が悪くなったね、愛しい人。
俺のバラがユリに姿を変えてしまう――
どうしたんだい？　俺たちを引き離そうと
こっそり現れた死神の姿でも見えたのかい？

スレイマ
死は引き離すんじゃないわ。死は一つにしてくれるのよ。
私たちを力ずくで引き離すのは、生のほう。
聞こえる、アルマンゾル？　鐘の音のつぶやきが？
鐘がかすかにつぶやいているでしょう。（顔を覆う）
スレイマは、今日娶《めと》られるの。
アルマンゾルという名ではない方に。
（間があく）

アルマンゾル
このヘビの女王め、そうやって君は、俺の心に最悪の毒を
シューシューと音を立てて送り込んだんだな！
この毒気であたりの花は萎れ、
泉の水は血に変わり、

鳥は空から落ちて死ぬ。
こうやってお前は、教会という名の拷問室へ、
俺が入るように、歌ってそそのかすのだな。偽りの女よ。
そしてお前の神がかけられたという十字架に、俺もかけようというんだな。
そして鐘を鳴らすひもをせっせと引いて、
オルガンを鳴らし、俺がアラーに捧げる
改悛と恐れの祈りをかき消そうというんだろう！
そうやって俺を小鳩たちが引く貝殻の車へ
おびき寄せるんだな、悪しき妖魔め。
そして雲の中まで誘い込んで、
突然そこから突き落とす気だな。
落ちてゆきながら、俺はお前の嘲り笑いを聞くのだ。
落ちてゆきながら、俺はお前の魔法の車が、
棺になるのを見るのだ。炎の車輪がついた棺にだ。
ハトたちは竜に姿を変え、
お前はそれを真っ黒いヘビの手綱で操る——
そして俺は恐ろしい呪いの言葉を叫びつつ落ちてゆく。

ずっとずっと、地獄の深淵まで。
悪魔だって驚き青ざめるだろうな。
俺の常軌を逸した呪いと、狂った顔つきを見たら。
消えろ！　ここから消えろ！　呪いの言葉ならまだあるぞ。
それを口に出したら、イブリース[34]だって青ざめるはずだ。
太陽はおびえて急いで後ずさるに違いない。
死者は震えて墓から這い出すだろう。
そして人も動物も植物も、みな石になってしまうだろうよ。

（走り去る）

（スレイマは、今まで顔を隠し、動かずにいたが、キリスト像の前に身を投げ出す。修道士たちが聖歌を歌いながら、教会の旗と聖画を持ち、列をなして通り過ぎて行く）

**合唱**

森

美しき国、美しきスペイン、
金のリンゴにマートルの花々が
咲き誇る偉大なる庭――しかしさらに美しく、
ムーア人の町は誇り高い輝きを放っていた。
気高きムーア人の心を、かつてターリク[35]が
たくましい手で、スペインの大地に植え付けたのだ。
幾多の危機をくぐりぬけ、
若き帝国は早くに栄え、立派に育ち、花開いた。
そして由緒ある母国の神々しい壮麗さに、
見劣りしない光を放った。
それからウマイヤ朝最後の生き残りが
邪悪なアッバース家の饗宴から逃れた。その宴では、
ウマイヤの人々の血まみれの死体が食卓に、
嘲り笑いつつ山と積まれた。[36]

アブド・アッラーフマンがスペインへ逃れたとき、
勇敢なムーア人たちは、このかつての君主家の最後の分家に
忠実につき従った――
その時スペインのムスリムは、
東洋の同信の友と袂を分かった。
スペインから遠く離れ、
海を越えてダマスカスまで達し、
カリフの玉座に結ばれていた糸は断ち切られた。
そしてコルドバの壮麗な建物には今、
東洋のかび臭いハーレムよりも
もっと純粋な生気が吹き込んできた。
かつては無骨な文字だけで埋め尽くされていた壁が、
今では色鮮やかな動物と花が
やさしく絡みあう絵で満たされていた。
かつてはタンバリンとシンバルだけが大音響を発したところで
今ではギターの響きとともに、
切ない歌や心を溶かす愛の歌が立ちのぼった。

かつては不機嫌そうな君主が、厳格なまなざしで
怯える女奴隷を性愛の苦役に駆り立てていたが、
今では女は女主人として顔をあげ、
やさしい手つきで、古臭いムーア人のしきたりと風習の
残虐さをやわらげた。
そして美が支配するところに、美しいものが花開いた。
芸術、学問、名誉の追求、女性への奉仕、
これらはアブド・アッラーフマン王の手で、
育まれた花々だった。
学のある者たちがビザンツからやって来て、
太古の英知に満ちた巻物を持ち込み、
古い英知から新たな英知が大いに芽生えた。
そうして知に貪欲な学徒の群れが、
あらゆる国々からコルドバ詣でにやって来て、
天体観測の方法や、生命の謎の解き方を、
この地で学んでいった。
やがてコルドバは落ちぶれ、グラナダが台頭した。

そしてムーア人の栄光の中枢となった。
グラナダの壮麗さが、騎士たちの馬上試合が、
戦いの儀礼が、勝者の寛容さが、
騎士たちがそれぞれの旗幟《きし》のもと戦うのを眺める
優美な婦人たちの胸の高鳴りが
花咲くように立派な歌になって今なお響く。

しかし、もっと大事な騎士の戦いで、
グラナダ自身が倒れてしまった。輝くグラナダがだ。
勝者は信仰の自由を保証していたが、
最後にはその言葉を狡猾にも反故にして、
征服された人々には、
キリスト教徒になるか、それとも
ただちにスペインを去り、アフリカへ逃れるかしか選ばせなかった。
そこに騎士の寛容さはなかった。
この時アリーはキリスト教徒になった。
彼は野蛮な暗黒の地へは戻りたくなかったのだ。

彼をつなぎ留めたのは、スペインに開花していた
高貴な風習、芸術、そして学問だった。
彼をつなぎ留めたのは、スレイマへの気がかりだった。
このか弱い花を、過酷な東洋の女性の鳥かごで、萎れさせたくなかったのだ。
彼をつなぎ留めたのは祖国愛だった。
いとおしく、美しいスペインへの愛だった。
しかし、何より彼をつなぎ留めたもの、
それは大いなる夢、美しい夢だった。
はじめは荒涼として、荒々しく、北風が咆哮し、
武器の打ち合う音が響いていた。その合間をぬって叫び声がした。
「キロガとリエゴ[37]」と。なんという言葉か！
真っ赤な血の川が流れ、信仰の牢獄と
暴君の城が炎と煙に包まれて崩壊した。
そしてついに、炎と煙の中から、
あの永遠の言葉が、あの古の言葉が立ちのぼった。
至福のうちにバラ色の光の中で輝きながら。

（退場）

（アルマンゾルが放心状態でふらふらとやってくる）

アルマンゾル

（冷淡に、うんざりした様子で）

昔話に出てくる黄金の城では、
竪琴が響き、美しい乙女が舞い、
身ぎれいな召使たちがてきぱきと働き、
ジャスミンとマートルとバラの花の香りが広がっている――
だがたった一言、魔法を解く呪文を唱えれば、
壮麗な光景は皆たちどころに四散して、
あとに残るのは、古いがれきの山と、
鳴く夜鷹とぬかるみだけ。
俺もそんな風にたった一言で、
花盛りの全自然の魔法を解いてやる。
そうすれば自然は死んだように、冷たく色あせることだろう。
きれいに着飾り、
頬紅をつけ、
手に王笏《おうしゃく》を持たされた王の亡骸のようだ。

だがその唇は黄色くしなびている。
死化粧に唇にも紅をさすのを忘れたからだ。
ネズミたちが王の鼻の周りで飛び跳ねて、
大きな黄金の王笏を、不埒にも嘲り笑ってやがる――

俺たちの目にこみあげてくるのは、
血の涙だ。そのせいで、バラの葉も、
乙女の頬も、夏の夕暮れの雲も、
俺たちを魅了する似たような子供だましも、
全部きれいな赤い輝きをまとう。
俺はそんな赤い眼鏡を外してやった――
するとどうだ！　この世界は、何と下手な作りものだろうか！
鳥たちは偽りの歌を歌い、木々は年老いた母親のように
喘いでいる。太陽は輝く光ではなく、
ただ冷たい影だけを投げかける。
恥じらいもなく娼婦よろしく、スミレの花があそこで笑っている。
チューリップもナデシコもサクラソウも、

色鮮やかな日曜の晴れ着を脱ぎ捨てて、
継ぎ当てだらけの灰色の部屋着をまとっている。
一番変わったのは俺自身だ。
乙女心もかくやというほどにな！
俺はもはや骨だけの骸骨。
しゃべっても、ただ冷たい突風が、
渇いたあばら骨をガタガタいわせながら吹きすぎるだけだ。
俺の頭の中に住んでいた賢い小人は
出て行ってしまって、俺の頭蓋骨には
一匹の蜘蛛が、巣を張る糸をのどかに紡いでいる。
そのうえ今は、涙も心の中で流すんだ。何しろ眠っていたら
目玉を盗まれて、空いたくぼみに
真っ赤に燃える石炭を入れられたんだからな。

天上にいる天使よ、お前のことは
かつて乳母が話してくれた。お前は
俺の目から流れた涙を、きっちり数えているんだってな。

もう仕事は終わりだ！　お疲れさん、
気の毒に、涙の集計人さん――
数え間違いなどしていないだろうな？
大きな数をずっと憶えていられたか？
疲れただろう、俺も疲れた。
それに心も鼓動を打つのには疲れた。
ここらで休もうじゃないか。

（彼は一本の栗の木に寄りかかるように身を横たえる）

本当に疲れたよ。

それに病んでいる。それもただの病気じゃない。なぜって、ああ！
最悪の病気とは、生きることだから。
そしてその病を治すことができるのは、死だけだから。
死は一番苦い薬ではあるが、最後の薬でもあるし、
どこででも手に入って、手ごろだ。

（彼は短剣を抜く）

おい、鉄の薬よ、疑わしそうに
俺を見るじゃないか。力を貸してくれるのか？

（ハッサン登場。静かに近づく）

**ハッサン**　アラーがお力添えくださいます！

**アルマンゾル**　（ハッサンには気づかず、まだ短剣に話しかけている）

アラーとかなんとか、ぶつぶつ言っているな。

短剣の奴は俺の体内の心臓を傷つけるのに、

手厳しい言葉も必要なのか？

**ハッサン**　アラーのなさることは正しいのです。

**アルマンゾル**　（相変わらず短剣に話しかけている）

ハッハッハ！

どうやらこの短剣は説教がしたいらしい！

忠告するぞ、黙ってろ。お前は黙っていたとしても、

立て板に水とばかりに語る幾多の道徳家よりも、多くを語るんだからな。

**ハッサン**

（ため息をついて）

アルマンゾル・ベン・アブドゥラ、どうするおつもりですかな？

**アルマンゾル**

（ハッサンを見つけて）

ハッハッ！　お前が話していたのか。二本足の利口者め！
ハッサンのいつもの髭と目つきがないじゃないか？
お前は本当にハッサンか？　それなら結構。
お別れだ。達者でな！
俺はすぐに逝く！

（ハッサンに短剣を見せる）

見ろ、この幅の狭い橋が、
悲しみの国から連れ出してくれるのだ。
喜びの国へな。その入り口には威嚇するように
白く光る剣を持った、石炭のように真っ黒な大男がいてな、
臆病者には恐ろしいものだが、勇敢な者は
止められることなく、その喜びの国に入っていける。

そうだ、そこには真の喜びが、あるいは——
同じものだが——真の安らぎがあるんだ。
そこにはブンブンとやかましいカブトムシはいないし、
蚊に鼻をくすぐられることもない。
衰えた目にまぶしい光が差し込むこともないし、
暑さや寒さ、飢えや渇きにも苦しめられない。
それに何より良いのは、そこでは
一日中眠っていられるんだ。昼も夜も。

ハッサン

いいえ、違います。アブドゥラのご子息様。
苦しみと戦う力を持たぬ意気地なしは卑怯です。
苦しみに背を向け、怖気づいて、
人生の闘技場から逃げ出すのですから。——立ちなさい、アルマンゾル！

アルマンゾル

（栗の実を一つ拾って）

この実が落ちたのは誰のせいだ？

ハッサン

虫と嵐のせいです。虫は木の繊維を噛みちぎり、
嵐は実をたやすく枝から投げ落とします。

アルマンゾル

では人間は、この最も弱い実は、
虫が食っても地面には落ちないっていうのか。
(胸を指して)
最もたちの悪い虫が、生きる力を噛みちぎっても、
そして絶望の大嵐がその実を揺すっても?

ハッサン

立ちなさい、立つのです、アルマンゾル!
地面で丸まっているのは虫けらだけです。
鷲は誇り高く、永遠の日の光に向かって飛び立つもの。

アルマンゾル

鷲の力強い翼など、むしり取ってやれ。
そうすれば、鷲だって虫けらになって地を這うさ。
失望という鋏が、俺の黄金の翼など、

とっくに切り刻んでしまった。かつて子供のころに、
この翼は俺を天高く、はるかな高みまで連れて行ってくれたものだが。

ハッサン
おお、冷たく物言わぬ石ころでもお見せなさい。
それがアルマンゾルだと言われれば、私は信じましょう！
うつろな目をして、うじうじとして横たわり、傍観しているだけのあなたは
アルマンゾルなどではないのですから。
あなたの同志たちが辱めを受け、
スペイン人の思い上がりが、ムーア人の最上の、
そして最も高貴な一族の者たちを厚顔無恥にも嘲り、
彼らから財産を奪って、身一つで頼るものもなく
哀願する彼らを、故郷から鞭で追い立てているというのに――
あなたはアルマンゾルじゃない。そうでなければ、あなたの耳には
年寄りたちや女たちのすすり泣く声が届いているはずですからな。
スペイン人たちの嘲笑や、赤く燃える薪の山に立たされた、
気高き犠牲者たちの恐怖の叫び声も。

## アルマンゾル

信じてくれ、俺はアルマンゾルだ。俺には見える。スペインの犬が！
俺の同志の髭に唾を吐き、
そのうえ足蹴にしている。
俺には聞こえる。哀れな母親が泣いているのが。
金曜日にはガチョウの丸焼きを喜んで食べていたもんだが、
今では自分が神を讃えるために焼かれるんだ。
その隣の棒杭には、きれいな娘が縛られている――
その娘のとりこになった炎が、娘を優しく包み込み、
淫らな赤い舌でなめまわす。
娘は叫び、顔を優美に赤らめて、
身を焦がす情夫に抵抗し、そして泣く――
かわいそうに！　美しい目から、
澄んだ真珠が強欲の灼熱の中に落ちる。
だが、この者たちが俺にとって何だっていうんだ？
俺の心は、ふるいのようにスカスカで、
これ以上刺して痛めつける余地などない。

拷問台に寝かされた血まみれの男が、
蜂に刺されたところで何も感じはしないんだ。
信じてくれ。俺はまだアルマンゾルだ。
俺はまだ他人の苦しみに、広く胸を開いてはいる。
しかし、目と耳という狭い門を通って、
巨大な苦悩が胸に迫ってきたものだから、
この胸はもう一杯で——
（不安そうに小声で）
なのに傷ついた客まで何人か、
宿を求めて俺の脳内まで乗り込んできやがった。

**ハッサン**

立ちなさい、立つのです！　さもなくば、あなたに一言申しましょう。
あなたを鞭で奮い立たせ、新たな灼熱を
あなたの血管へ注ぐことになる一言を——
（アルマンゾルに向かって身をかがめて）
スレイマが
今夜、あるスペイン人のものになります。

アルマンゾル

（飛び上がり、痙攣するように身をよじって）

太陽が頭の上に落ちてきて、
脳天をかち割ったようだ。
脳内に住み着いていた客たちは、ふらふら立ち上がり、
灰色のコウモリのようにブンブン飛び回り、
俺の周りで羽音をたてて呻いている。
毒を含んだもくろみの臭気で、俺をもうろうとさせる！

（頭を抱えて）

おお、苦しい！　苦しい！　老婆が俺を捕まえて、
俺の頭を胴から引きちぎって、それを
婚礼の広間に投げ込むんだ。そこでは
スペインの犬野郎が、やさしく吠えながら、俺のかわいい恋人にキスをする。
音を立ててキスをする。そして抱きしめて――おお、苦しい！　助けてくれ！

（ハッサンの足元に身を投げ出す）

おお、力を貸してくれ。引きちぎられて血まみれのこの頭には、
あの犬野郎を絞め殺す腕がないんだ――

おお、お前の腕を貸してくれ、ハッサン！　ハッサン！

**ハッサン**

ええ、私の腕をお貸ししましょう、アルマンゾル様。
私の友らの屈強な腕も。
我々は、あのスペインの犬を絞め殺してやりたい。
奴はあなたのものを奪おうとしているのですから。
立ちなさい！　スレイマをすぐに取り戻すのです。

（アルマンゾルは立ち上がる）

昨日の夜、お二人が話しているのを立ち聞きしたとき、
私は早く逃げるよう勧めましたね。無駄でしたが。
しかしアルマンゾル様は絶望したりはしないと、私は思っておりました。
私は友らをこちらへ手引きしてやりました。
私からの合図を、今か今かと待っております。我々は、
アリーの屋敷へ突撃します。招かれざる客というわけです。
あなたは花嫁を奪還して、連れ出すのです。
私たちの船まで。海岸に停泊しています。
きっとスレイマの愛を取り戻せるでしょう。

## アルマンゾル

ハハハ！　愛か！　愛だって！　空疎な言葉だ。
かつてその言葉を、眠そうに半目を開いた一人の天使が、
あくびをしながら口にしていたな。また天使があくびをした。
すると世にはばかる愚か者たちが、老いも若きも、
あくびをしながら舌足らずに、愛だ愛だと繰り返した。
ちがう、ちがう！　俺はもう娘の頬を、こびるようになでる
か弱い西風《ゼピュロス》なんかじゃない。
俺は娘の髪をかき乱す北風だ。
猛り狂ったように、わが身もろとも臆病な花嫁を切り裂いてやる。
俺はもはや、乙女の鼻を優しくくすぐる、
甘い薫香の煙じゃない。
乙女をぼんやりと麻痺させる瘴気だ。
全ての官能をほしいままにする。
俺はもはや、敬虔で穏やかに、
羊飼いの娘の足元に身を寄せる子羊じゃない。
荒々しく爪を立て、

欲望のとどろくままに、娘の身体を引き裂く虎だ。
俺が今求めているのは、スレイマの身体。
俺は幸福な獣でいたい。そう、獣だ。
そして官能に酔いしれ、恍惚として、
天国があることなど忘れてしまいたい。

（性急にハッサンの手をつかんで）

俺はお前のそばにいるぞ、ハッサン！　そうだ、俺たちは、
荒れた海の上に、楽しい国を作るんだ。
高慢なスペイン人に税を払わせよう。
奴らの浜辺と船を奪うんだ——
甲板ではお前のそばで戦うぞ——
俺のサーベルで、高慢なスペイン人の頭をたたき割ってやる——
奴らを海に叩きこむぞ！——船は俺たちのものだ！
だが俺は今、元気を取り戻そうと、
スレイマのいる船室に急ぎ向かい、
血まみれの腕で彼女を抱きしめ、
白い胸から真っ赤な染みを、

キスして拭い去ってやるんだ。――ほう！　彼女はまだ抵抗するか？
奴隷女よ、俺の足元でめそめそ泣くがいい。
無力な奴め、激しく熱い戦いの後で
俺の気持ちを冷ましてしまう――奴隷女よ、奴隷女よ
俺に従え、俺の燃える思いを風で煽れ！
（二人は急いで去る）

アリーの屋敷の広間

騎士たちと女性たちが華麗に着飾り、一つの食卓についている。アリー、ドン・エンリケ、スレイマ、修道院長、楽師たち、食事を運ぶ召使たち。

**一人の騎士**

（酒を満たした杯を手にして立ち上がる）

胸に響くこの美しい名前、

カスティーリャのイサベル万歳！

（飲む）

**一部の客たち**

カスティーリャのイサベル万歳！

（杯を合わせる音と、トランペットのファンファーレ）

**修道院長**

もう一つ名を挙げさせてもらいましょう。

トレドの大司教、ヒメネス万歳！

（飲む）

**一部の客たち**
トレドの大司教万歳！
（杯を合わせる音と、トランペットのファンファーレ）
**別の騎士**
最上の名をお忘れなきよう。
乾杯しましょう。気高き新郎新婦万歳！
（飲む）
**全員**
ドニャ・クララとエンリケ万歳。
（杯を合わせる音と、トランペットのファンファーレ。スレイマとエンリケがお辞儀をする）
**ドン・エンリケ**
ありがたく存じます。
**二人目の騎士**
しかし花嫁は黙っておりますね。
**ドン・エンリケ**
かわいいクララは、今日は確かに口数が少ないが、
必要なのは、ただ一言、

祭壇で「はい」と言うだけ。それで私は幸せです。

**スレイマ**

私の胸は大変苦しゅうございます、セニョール。

**三人目の騎士**

あなたが塩のつぼをひっくり返したのは

凶兆ですね、ドン・エンリケ。

**四人目の騎士**

ワインの入った杯もひっくり返していたら、

さらなる凶兆になるところでした。

**三人目の騎士**

ドン・カルロスは大酒のみですからね。

**四人目の騎士**

ええ、よかったですよ。

それにしても、あなたほど気持ちの沈んだ幸運児もおりませんでしょう。

思いもよらず塩のつぼをひっくり返して、

最高のごちそうがいっぺんに台無しになったなんて。

そうだ、そうだ、このワイン。これは私の力の源ですよ。

この明るい黄金色をした、あふれる愛の中に、
病んだ魂を浸して、健康になりたいものです。
そうして私は考えてはいつも笑ってしまうのですよ、
メッカの分別のある預言者がどうやって——

**アリー**　そうですね、セニョール、
ワインだ、ワイン。そうそう、私が言いたかったのはね、
このワインは美味いということで——
ペドリーリョ！　聞こえるか、ペドリーリョ！

**ペドリーリョ**　はい、ご主人様？

**アリー**　道化師たちと、
手品師たちを皆ここへ。踊り手たちと
竪琴弾きもな。バルセロナから来た
あいつだ。

**ペドリーリョ**　かしこまりました、ご主人様！

（退場）

**五人目の騎士**　（一人の婦人と話をしている）

結婚なんて、私は決していたしませんよ、セニョーラ。

**婦人**　ご冗談を、ご機嫌ね、ドン・アントニオ。

あなたは女性好きで、色恋事がお好きでいらっしゃるでしょう。

**五人目の騎士**　私はマートルの花が好きでして、

みずみずしい緑の葉を眺めては、目を楽しませ、

香りで心を元気づけるのです。

しかし、マートルを野菜として食べるために

料理はしないことにしています。――苦いのでね。

セニョーラ、マートルの料理は苦いですよ。

修道院長

（隣の人と話している）

あれは素晴らしい火刑でしたな。
あのようなものが敬虔なキリスト教徒の心を勇気づけ、
山に潜む頑迷な罪人たちを、恐れおののかせるのです――

（アリーに向かって）

あなたももうご存じでしょう、我が軍勢の勝利と、
異教徒たちの血にまみれた敗北を？
奴らは散り散りになりました。ここから遠くないところで、
彼らはさまよい歩いていますよ――

アリー

（扉のほうを見ながら）

安心いたしました！
すでに聞き及んでおります、修道院長様――
しかし今は、手品師の芸を楽しむといたしましょう――

（道化師、手品師、踊り手、竪琴弾きが入ってくる）

（道化風のバレエ）

**竪琴弾き**
（歌う）
アルハンブラの宮殿に
大理石の獅子が十二頭。
獅子たちの上には
真っ白な石の水盤。

水盤にはバラの花が浮かぶ。
その色の美しさは比類なし。
それはグラナダで輝いていた、
最高の騎士たちの血の色。

**アリー**
悲しい歌だ。憂鬱すぎるな。
陽気な婚礼の歌を頼む。飛び切り陽気なやつだ。

**竪琴弾き**
（歌う）

昔一人の騎士がいた。物憂げで無口な騎士だった。
落ちくぼみ、雪のように白い頬をして、
おぼろげな夢心地で、
よろめき、震えながらふらふら歩き回っていた。
でくの坊のように、ぎこちなく不器用で、
つまずきながら通りかかると、
花たちも娘たちも、周りでくすくす忍び笑い。

騎士はしばしば館の暗い片隅に座っていた。
人の目から隠れていたのだ。
人恋しくて腕を伸ばしはしたが、
一言も言葉は発しなかった。
しかし真夜中近くになると、
奇妙な歌と音楽を始めた。
その時、彼は扉を叩く音を聞いた。
すると彼の愛しの人が忍び入る、

泡立つ波のような、さわさわと音を立てるドレスを着て。
その人は野バラのように、花は盛りと熱く燃え、
ベールはただのお飾りだ。
金色の巻き毛が細身の身体にまとわりつき、
目は甘い力を湛え――
二人は互いの腕に身を沈める。

騎士は彼女を愛情込めて抱きしめる。
でくの坊は興奮していた。
青白い顔には赤みが差し、夢から目覚めて、
気後れしていたのが、どんどん大っぴらになってゆく。
しかし彼女は、彼女は騎士をいたずらっぽくからかった。
彼の頭を、ダイヤのついた真っ白なベールで
そっと覆ってやるのだった。

突然魔法にかけられたように、
騎士は水晶のように澄んだ水の館にいた。

彼は驚き、きらめく輝きに
目もくらまんばかりだった。
しかし水の精が彼を愛おしそうに抱きしめる。
騎士は花婿で、水の精は花嫁で、
お付きの侍女たちがツィター[38]を奏でる。

侍女たちが奏で歌うと、大勢の
小さな女の子と男の子たちが加わり踊る。
騎士は大いに喜んで、
恋人をさらに強く抱きしめる――

（ペドリーリョが怯えながら割って入る）

**ペドリーリョ**
おお、アラーよ、お助けを！　イエス、マリア、ヨセフ！
おしまいだ、奴らが来る、奴らが！

**一同**
誰が来るって？

ペドリーリョ　我々の仲間が！

一同　何？　仲間だと？

ペドリーリョ
いえ、違います。仲間ではありません。呪われた異教徒たちです。
山から来た、恥ずべき反逆者たちです。
奴らがそっと忍び寄ってきたのです――
我々はもうおしまいです。奴らが外にいます。聞こえるでしょ？

（武器が打ち合わされる音が聞こえてくる。「グラナダ！」「アラー！」「ムハンマド！」という叫び声が入り乱れる）

数人の騎士たち
さあ、来るがいい。

別の騎士たち　武器を取れ！

（女性たちは恐慌に陥る。スレイマは気を失って崩れ落ちる。広間が騒がしくなる）

アリー

おお、ご心配には及びません、ご婦人方。

ムーア人というのは礼をわきまえています。

憤激していようと、女性には慇懃に接するでしょう。

しかし我々男は、しっかりと戦いますが——

全ての騎士たち

（剣を抜いて）

我々は聖体と名誉のために戦うのだ！

（武器が打ち合わされる音。入り乱れる声。ムーア人たちが押し入ってくる。先頭にはハッサンとアルマンゾル。アルマンゾルが気絶しているスレイマのところまで突き進む。戦闘）

森

近くで武器が打ち合わされる音と戦いの叫び声が聞こえる。ペドリーリョがおどおどと両手をもみながら走ってくる。

ペドリーリョ

何てことだ！　素晴らしい結婚式が台無しだ！
何てことだ！　素晴らしい絹の婚礼のドレスが、
めちゃくちゃにされて、引き裂かれて、
そのうえ血まみれになっている。ワインではなく、
血が流れるなんて！　俺は臆病風に吹かれて逃げたんじゃない。違う。
戦いの邪魔になりたくなかったんだ。
俺がいなくたって大丈夫さ。もうとっくに
敵どもは広間から撃退されてるさ。
ほれ見ろ！

（横を向いて）

もう屋敷の前でみんな戦っている。

あっちは！　何てことだ！　あいつは浮かれてサーベルを振り回しているな！
あんな曲がったのが、俺の顔をさっと軽くかすめでもしたら、
生きた心地がしないだろうな。
向こうの奴は鼻を切り落とされたぞ。
我らが哀れな太っちょ騎士サンチョが、
太鼓腹を切り裂かれた。
おや！　誰だあの赤い騎士は？　妙だな！
スペインのマントを身につけているが、
ムーア人の仲間だと――おお、アラーよ！　イエスよ！
（泣く）
ああ、我らが哀れな、やさしいスレイマが！
あの赤い騎士の肩に担がれている。
奴は左腕にスレイマをしっかり抱えながら、
右手で剣を振るっている。
狂ったように切りかかってるな――やられた――
倒れるぞ――いや！　違う！　よろけただけだ――奴は立っている。
戦って――逃げ出したぞ――

おお！　俺はどこへ行けばいい。

ここにいても皆の邪魔になるに違いないな。

（急いで去る）

（アルマンゾルが疲れ切ってよろめきながら通り過ぎてゆく。彼は腕に気絶したスレイマを抱え、剣を後ろに引きずり、もつれる舌で「スレイマ！　ムハンマド！」と言っている。戦っているムーア人とスペイン人たちが登場。ムーア人たちはさらに追い立てられる。ハッサンとアリーが戦いながらやってくる。二人は激しく戦い、ハッサンが負傷する。ドン・エンリケ、ドン・ディエゴ、スペインの騎士たちが登場）

ハッサン

（ひざまずいて）
おや、まあなんと！　キリスト教徒のヘビが咬みついたか！
それも心臓のど真ん中だ——おお、眠っておられるのか、アラーよ？
いや、アラーは正しい、アラーのなさることは
善なのだ。——私のことをお忘れか？　いや、
忘れるは人のみの性《さが》——
人はおのれの神を忘れ、友を忘れる。
そしておのれの友の最良のしもべのことも。——なあ、アリーよ、

このハッサンを覚えているか？　アブドゥラ様の家臣を。
アブドゥラ様は——

**アリー**

（急に激怒して）

アブドゥラとは、
かの背信の輩の名。かの卑怯者、
血に飢えた悪党の名だ。奴は私の息子を、
かけがえのない息子アルマンゾルを殺した！
アブドゥラとはアルマンゾルの謀殺者のこと——

**ハッサン**

（虫の息で）

アブドゥラ様は悪党でも、輩でもない
アブドゥラ様は、アルマンゾルを殺してはいない！
アルマンゾルは生きている——生き——生きて——ここにいる。
スレイマを奪っていった、あの赤い騎士——
あそ、あそこに——

アリー

私の息子アルマンゾルが生きているだと？

スレイマを奪ったあの赤い騎士が？

ハッサン

そうだ！　彼はかつて手に入れたものをしっかりと抱いている――

お前は嘘つきだ。アブドゥラ様は謀殺者などではない。

悪党でもない。キリスト教徒でもない――

私にかまうな――もう乙女たちが来る。

黒い目をした、美しいフーリー[39]たちがやってくる――

（幸せそうに微笑んで）

若き乙女たち、それにこの老いぼれのハッサンが！

（死ぬ）

アリー

おお、神よ、感謝します！　私の息子が、息子が生きている！

おお、神よ、これぞあなたの恩寵の印！

私の息子が、生きている！　皆、来るんだ。

今から息子の後を追うぞ。近くにいるのだ。

戦利品として連れ去っていったのだ、
かつて私があいつに選んでやったかわいい花嫁を。
（長いあいだ黙って見ていたドン・エンリケ、ドン・ディエゴを除いて全員退場）

**ドン・エンリケ**
（泣きそうになって）
で、どうするドン・ディエゴ？

**ドン・ディエゴ**
（ドン・エンリケを真似て）
どうする、
ドン・エンリケ・デル・プエンテ・デル・サウーロ？

**ドン・エンリケ**
俺たち、これからどうするんだよ？

俺たち？　俺たちか、いや違うな、セニョール。

**ドン・ディエゴ**
二人は今や他人同士だ。
お前には運がなかった。俺は二百ドゥカーテン[40]も使ったんだ。
金はもうない。骨折り損だ。

（怒ったように笑って）

俺はなあ、若いころから何かうまいやり方はないかと苦心して、
白髪になるほど頭をひねってきたんだよ。
森の中で曲がりくねった小道を足を引きずり歩いて、
茨の茂みで上着も身体もずたずた。
急な岩山の中を歩き回って、
崖から崖に飛び移ってよ。
落ちてたらカラスが俺の頭をシチューにして
食いつくすところさ——そうまでしても俺は貧しいまま！
貧しいままだ、教会のネズミみたいにな！
そうこうしているあいだに、俺の学友は、あのバカは、
いつだってまっすぐ、気楽に、
広い街道を大手を振って歩いてる。
相も変わらず、雄牛のような、ゆったりとした足取りでな。
そして尊敬を集める、でっぷり太った金満家になるのさ。
嫌だ、俺はもううんざりだぜ、セニョール。達者でな！

（退場）

ドン・エンリケ

（長いあいだ考え込んでいる）

ドン・ゴンサルボは、手を貸してくれないかな？

（退場）

岩山

アルマンゾルは疲れ切り、血も流しているが、気絶したスレイマを抱えて、岩山の頂上までよじ登る。

**アルマンゾル**

おお、助けたまえ、アラーよ。私はすっかり疲れ切っています。
私の白い鹿は、狩人の手で屠《ほふ》られようとしていた、
まさにその時、この手に取り戻しました。

（アルマンゾルは岩山の頂上に腰を下ろし、スレイマを膝の上に抱く）

俺は哀れなマジュヌーンだ。
岩山に腰を下ろし、俺の鹿と戯れる。
ライラが鹿に姿を変え、
親しげな澄んだ目で俺を見つめたのだからな。
今はその目は閉じていて、俺の小鹿は眠っている。
静かに！　静かに！　マヒワよ、そんなに高い声でさえずるな。
コガネムシよ、もっと静かに羽根を鳴らせ。やさしいそよ風も、

そんなにうるさく葉を鳴らすな――静かにしろ！
子守唄を歌ってやろう。静かに。
（アルマンゾルは膝の上のスレイマを揺すり、歌う）
太陽は寝衣《しんい》をまとう。
バラのように赤く美しい寝衣を。
小鳥たちは静まりかえり、
ねぐらへと向かう。
君もおやすみ、私の小鹿よ！
俺の小鹿は眠っている。本当にかわいいなあ。だが長すぎやしないか。
甘くかわいく澄んだ目が、
今は閉じている、しっかりと――
閉じたまま、なのか？　俺の小鹿は死んでいる？
（涙があふれ出る）
死んでいる！　死んでいる！　俺のか弱い、白い小鹿が死んでいる！
かわいい星は消えた、死んでしまった！
死んでしまった俺の小鹿！　君を安らかに横たえてやろう。
バラとユリとスミレとヒヤシンスの花のベッドに。

金色の月明かりで毛布を織ってやろう。
それで君をくるんでやろう。弔いの歌は、
コマドリに歌ってもらおう。
君の小さな花のベッドの枕元には、昼間は十二匹のハナムグリにしっかりと、
見張りに立っていてもらおう。そして夜は、
十二匹の蛍に、薄明かりで照らしてもらって、
静かな弔いのろうそくのように光っていてもらおう。だが、
俺は昼となく夜となくそばにいて泣いていよう。

（スレイマが意識を取り戻す）

俺は何を見ている？　かすかに、
か細い手足が動いている。それに、
かわいい目の絹のカーテンがゆっくりと巻き上げられてゆく！
これは小鹿じゃない、ライラでもない。
これはスレイマ。アリーの美しい娘だ――

（スレイマが目を開ける）

天への扉が開いてゆく、天国が！

スレイマ

ここは、天国なのかしら？

アルマンゾル

こわばった死の世界から、

君は目を覚ましたんだよ。

スレイマ

私は死んでしまったのね。

そして天国にいるのだわ。

（あたりを見回す）

ここは何て美しいのかしら。空気は軽やかで澄んでいるし、

何もかもがバラ色の装いね。

アルマンゾル

そうだよ、俺たちは天国にいるんだ。愛しい人。

向こうの下のほうで揺れている花が見えるかい？

そのあいだを飛び回る蝶たちがいるだろう？

からかうように、色とりどりの鱗粉を、

かわいそうな花たちの目の中に飛ばしているね？

あっちの下のほうからは、小川のせせらぎが聞こえるよ。
青みがかったトンボたちが羽音をたてている。
緑の巻き毛をした水の乙女たちが、水をはね上げながら
赤みのある黄金色の波の中に潜っているだろう？
白い霧のようなものたちが歩いているのが見える？
あれは祝福された人たちが永遠に若いままで、
常春の庭を逍遥しているのさ。

**スレイマ**

ここが祝福された人たちの住まいなら、アルマンゾル、
あなたはどうやってここへ来たの？
私たちの敬虔なる修道院長様は、私にはっきりおっしゃったの。
キリスト教徒である者だけが、天国で祝福されることができるのだと。

**アルマンゾル**

ああ、俺が受けた祝福を疑わないでくれ。
俺は君を、愛する人をこの腕に抱いて幸せだ。
アルマンゾルは三重に祝福されているんだ。

スレイマ

それなら、あの信心深いお方は嘘をついたのね。あの方はこうも言っていたのよ。
あの気高いドン・エンリケを愛さなくてはならないと。
だから私はできる限りのことをしたの。アルマンゾルのことを、
忘れようとしたの。ああ、だけどできなかった。
私はそれを聖母様にも泣いて訴えたわ。
あの方は微笑んでいた。親しげに、寛大に、慈悲深く。
そして私をベールで包んでくださり、
明るい高みへと導いてくださったの。
途中では音楽が響いていたわ。天使たちが、
角笛や葦笛を吹き鳴らし、
甘美な声で歌っていた。——なんと甘い喜びだったことでしょう！
私は天国にいる。そして何より素晴らしいのは、
アルマンゾルが私のそばにいることだわ。天国では
自分を偽る必要はないのだから、
心の内をありのままに打ち明けるわ。私はあなたを愛してる。
愛してる、愛してるわ、アルマンゾル！

（沈んでゆく夕陽が二人の姿を神々しく照らす）

アルマンゾル

君が俺のことをずっと愛していてくれたことは、前からわかっていたよ。
君自身よりもね。小夜鳴鳥《さよなきどり》が俺に教えてくれたのさ。
バラの花は香りでそれを教えてくれたし、
風は耳元にそよいで教えてくれた。
それに夜ごと俺は、はっきりと読み取っていたんだ。
夜空に金色の文字で書かれた、青い本の中身をね。

スレイマ

いいえ！　いいえ！　あの信心深いお方は嘘はおっしゃらなかった。
天国はこんなにも美しい。
あなたのやさしい腕で、私を抱いて。
そしてあなたの柔らかな膝の上で、私を寝かしつけて。
そして歓喜に酔いしれた私を、いつまでも
天国の中にあるこの天国にいさせて！

アルマンゾル

俺たちは天国にいる。天使たちが歌っている。

その合間に、彼らの絹のような翼の羽ばたく音がする――
この頬のえくぼに神は住まう――
（遠くで武器を打ち鳴らす音。アルマンゾルは驚く）
だが下のほうでは、イブリースが住んでいる。恐ろしい勢いで、
奴の声が上へと迫ってくる。天国にまで。
そして俺に向かって鉄の手を伸ばしている。

**スレイマ**

（怯えて）
急に驚いてどうしたの？　何を震えているの？

**アルマンゾル**

イブリースかサタンか、それとも人間か。
悪意に満ちた力が、荒々しく上がってくる。
俺の天国にまで――

**スレイマ**

だったら逃げましょう。
下の花の谷では花々が戯れ、
蝶が飛び回り、小川がせせらぎ、

トンボが羽音をたて、小夜鳴鳥がさえずっている。
それに静かで祝福された人影が巡礼する姿も見える――
あそこへ私を連れて行って。私はずっとあなたの胸元にいるから。
（スレイマはアルマンゾルに寄り添う）

**アルマンゾル**

（飛び上がり、スレイマを腕に抱く）
下へ行こう！　下へ！　花たちが不安そうに手を振っている。
小夜鳴鳥が怯えた声で俺を呼んでいる。
祝福された者たちの影が、俺に向かって
霧のような腕を伸ばしている。巨大で長い腕が、
俺を下へ、下へと引き寄せる――
（急ぎ逃げてゆくムーア人たちが通りかかる）
狩人どもはもう近い。
俺の鹿を屠《ほふ》ろうとしているな！　向こうで死の音が甲高く響いている。
この下には命が、俺に向かって花開いている。
そして俺は、この腕に俺の天国を抱いている。
（アルマンゾルはスレイマを抱いて岩山から飛び降りる）

（ムーア人たちを追っているスペインの騎士たちが、二人が飛び降りるのを見て、驚いて後ずさる。アリーの声が聞こえる）

探せ！　息子を探せ！　近くにいるはずだ！

（アリー登場）

**数人の騎士**

何ということだ！

**アリー**

見つけたのか？

**一人の騎士**

（後ろの岩山を指して）

見つけましたが、荒れ狂ったあの方は、

自分の大事な荷とともに、飛び降りてしまわれました。

（間があく）

**アリー**

イエス様、私は今こそ必要としています。

あなたのお言葉を、あなたの慈悲深い慰めを、あなたの模範を。

全能者の意思は、私にはわかりません。

しかし予感が、私に語ります。ユリは、マートルは、
道半ばで根絶やしにされてしまうのだと。
そしてその上を、神の黄金の凱旋車が
誇らしげな威厳とともに進んでゆくのだと。

# 訳註

1 Almansorの名は、「アラーの寵愛による勝利者」を意味するal-Mansūrに由来する。初期の執筆段階ではハイネは「アブドゥル」(Abdul)という名にするつもりだった(DHA5, 425)。

2 ゴメル家(Gomeles)、ガンスル家(Ganzuls)、アベンセラーへ家(Abenkeragen, Abencerrajes)、セグリ家(Zegris)は、いずれもグラナダのイスラム教徒の豪族。アベンセラーへ家とセグリ家は敵対しており、レコンキスタに対しても異なる対応をした。また、ゴメル家はセグリ家の側につき、ガンスル家はアベンセラーへ家に同調した。アベンセラーへ家はキリスト教勢力といち早く折り合いをつけたのに対して、セグリ家は抵抗を続け、多くは国外移住を選んだ。しかしグラナダ陥落後、セグリ家のゴンサロ・フェルナンデスは改宗し、グラナダ統治に協力した(DHA5, 427; B2, 791f. 関哲行・踊共二『忘れられたマイノリティ』山川出版社、二〇一六年、一三二頁)。

3 レコンキスタ末期の一四八二年、イスラム王朝のナスル朝の首都グラナダで内乱が発生し、それがカスティーリャ王国によるグラナダ陥落のきっかけとなった。

4 アラゴン王フェルナンドとカスティーリャ女王イサベルのカトリック両王の結婚を指す。

5 レオン王国は、イベリア半島北西部に十世紀に成立したキリスト教国。

6 アラゴン王国は、十一世紀にイベリア半島北東部のナバラ王国から領土を分割されて誕生したキリスト教国。十二世紀にカタルーニャと同君連合であるアラゴン連合王国を形成し、地中海地域に勢力を拡大した。

7　カスティーリャ王国は、レオン王国のカスティーリャ伯領から独立して誕生したイベリア半島中央部のキリスト教国。十五世紀にはイサベル一世がアラゴン王フェルナンド二世と結婚してアラゴン連合王国と連合した。

8　ボアブディル（ムハンマド十二世のスペイン語名）は、父でもあるナスル朝の君主アブルハサン・アリーと対立し、一四八二年に反乱を起こす。この内乱を好機としてキリスト教勢力は攻勢をかけた。ボアブディルは一四八三年のルセーナの戦いで敗れてキリスト教側の捕虜となり、降伏協定を結んで釈放され、一四九二年にカトリック両王（フェルナンドとイサベル）がグラナダに入城してレコンキスタは終結した。

9　ペドロ・ゴンサーレス・デ・メンドーサは、トレドの大司教。イサベル一世の統治時代の政治においても力を振るった。

10　グラナダ近郊には三千メートル級の山々が連なるシエラ・ネバダ山脈があり、山の上では年間を通じて雪が残っている。ハイネが参照した歴史書によると、ムーア人の残党が一五〇〇年にここから反乱を起こした末、鎮圧された（アルプハラスの反乱）。このことについては作品後半で修道院長も言及している（DHA5, 429）。

11　アロンソ・デ・アギラール（Alonzo de Aguilar）は、前註のムーア人残党による反乱の鎮圧を指揮し、反乱の鎮圧には成功したが自身は殺害された（DHA5, 429）。

12　註2を参照。

13　フランシスコ・ヒメネス・デ・シスネロス（一四三六～一五一七）は、メンドーサの後任として、一四九五年からトレドの大司教となり、コーランの焚書、モスクのキリスト教会への改築や、イスラム教徒にキリスト教への改宗か国外退去の選択を迫るなど、強硬な手段を取った。

14　マートル（Myrte　英：myrtle）。和名はギンバイカ（銀梅花、銀盃花）。古代ギリシア・ローマ時代から、結婚式で花嫁を飾る花として用いられた。

15　イベリア半島南端のジブラルタルのこと。この地名は「ターリクの山」という意味のアラビア語に由来する。

16 アフリカ北部まで勢力を広げたウマイヤ朝の指揮官ターリク・ブン・ズィヤード率いるイスラム軍が、七一一年にここからイベリア半島に上陸したことを皮切りに、イスラムによるイベリア半島征服が開始された。

17 『マジュヌーンとライラ』は、ジン（アラビア世界における妖精や魔人などの人ではない存在）に取りつかれて狂人（マジュヌーン）となった青年カイスと美女ライラの物語。

18 ヒュメーン、またはヒュメナイオス。ギリシャ神話に登場する婚礼の神。

19 この行は一八五七年版では欠落しているため、デュッセルドルフ版で補った。

20 サンティヤゴ・デ・コンポステーラは、スペイン北西部ガリシア州の州都で、聖ヤコブが埋葬された地として、キリスト教の巡礼の目的地となっている。

21 ペトロネラはペテロの娘の名だったと言われている。

22 イスラム教徒にとって豚肉は禁忌とされている。

23 サンブラは、ムーア人の古い民族舞踊を起源とする、グラナダ地方のフラメンコの一種。

24 ファンダンゴは、三拍子系の音楽に合わせて踊るフラメンコの一種。

25 プエンテ・デル・サウーロ（Puente del Sahurro）。架空の地名か（DHA5, 432）。

26 スペイン、アストゥリアス州オビエドにあるローマ・カトリックのオビエド大聖堂か（正式名称サン・サルバドール大聖堂）。

27 カアバ（Kaaba）は、メッカのハラーム・モスク中央にある建造物で、イスラムにおける最高の聖地とみなされ、巡礼者が目指す場所である。また礼拝はこの方向に向かって行われる。

28 ムアッジンは、モスクの塔の上から人々に礼拝の時刻を告げる役目を担う者。

29 信仰告白を行う際に唱えられる句。ムアッジンが塔の上から礼拝の時刻を人々に告げる句の中にもこの句が含まれている。

シームルグは、ペルシアの神話や叙事詩に登場する巨大な鳥。

30 マタイ第十八節三節「心を入れ替えて子どものようにならなければ、決して天の国に入ることはできない」。

31 十字架上でキリストが発した七つの言葉は以下を参照。①「父よ、彼らをお赦しください。自分が何をしているか分からないのです」(ルカ第二十三章三十四節)、②「よく言っておくが、あなたは今日私と一緒に楽園にいる」(ルカ二十三章四十三節)、③「女よ、見なさい。あなたの子です」「見なさい。あなたの母です」(ヨハネ第十九章二十六―二十七節)、④「エリ、エリ、レマ、サバクタニ〔わが神、わが神、なぜ私をお見捨てになったのですか〕」(マタイ第二十七章四十六節、マルコ第十五章三十四節)、⑤「渇く」(ヨハネ第十九章二十八節)、⑥「成し遂げられた」(ヨハネ第十九章三十節)、⑦「父よ、私の霊を御手に委ねます」(ルカ第二十三章四十六節)。訳文は『聖書　聖書協会共同訳』(二〇一八年)による。

32 ハールーン・アッ＝ラシードは、アッバース朝第五代カリフ(在位七八六〜八〇九年)。

33 シーラーズは、イラン南西部の都市。サーディーやハーフィズらの詩人を輩出し、詩人の街とも称された。

34 イブリースは、イスラムにおける悪魔の頭目。

35 註15を参照。

36 七五〇年に起きたアッバース革命によってウマイヤ朝が崩壊したあと、アブド・アッラーフマンを中心とするウマイヤ朝の残党らにより、七五六年にコルドバを首都とする後ウマイヤ朝が成立した。

37 一八二〇年にスペインで自国の憲法を求めて蜂起した将校ラファエル・リエゴと、彼と一時共闘したアントニオ・キロガを指す(彼らはハイネの同時代人であり、作品の時代設定とは異なる)。

38 琴のように弦をはじいて演奏する楽器の一種。

39 フーリーは、イスラム教において楽園にいるとされる乙女。

40 ドゥカーテンは、ヨーロッパで使用されていた硬貨。ダカットとも呼ぶ。

# 訳者解説

本書はハインリヒ・ハイネが書いた戯曲『アルマンゾル　悲劇』（*Almansor. Eine Tragödie.* 邦題は『アルマンゾル』とした）の全訳である。訳出にあたっては、Heine, Heinrich: *Tragödien nebst einem lyrischen Intermezzo.* 2. Aufl., Hamburg: Hoffmann und Campe, 1857 を底本とし、そのほかにデュッセルドルフ版全集（Heine, Heinrich: *Historisch-kritische Gesamtausgabe der Werke*, hrsg. v. Manfred Windfuhr, Düsseldorfer Ausgabe, Hamburg: Hoffmann und Campe, 1994.（略記ＤＨＡ））、およびブリーグレープ版全集（Heine, Heinrich: Sämtliche Schriften in 12 Bänden, hrsg. v. Klaus Briegleb, München, Wien: C. Hanser Verl., 1976.（略記Ｂ））も必要に応じて参照した。

## 1　ハイネについて

ハインリヒ・ハイネはデュッセルドルフで織物商を営む父ザムゾンとその妻ベティのユダヤ人夫婦の長男として一七九七年に生まれた。のちに妹一人と弟二人が生まれた。一時ハイネは父親と同じ商人の道へ進むために商業学校へ通い、叔父ザロモンの援助を得て会社経営にも携わった。しかし彼には商売への関心がなく、会社は一年足らずで経営難に陥って解散した。進路変更をして法学を学ぶために、これもまた叔父の援助を得て一八一九年にボン大学へ入学して、その後ゲッティンゲン、ベルリンでも学び、法学の傍ら文学も学び始める。創作活動は大学入学前から行なっており、大学在学中には詩や評論文を発表していた。

ハイネは旅行記や抒情詩において評判を得た一方で、社会批判的な鋭い筆致が当局からの厳しい検閲を受けたため、一八三一年にパリへ移住する。その後は短期間の滞在を除いてドイツへ戻ることはないまま、パリからドイツ人の頑迷固陋さを風刺するような作品や、ドイツの新聞の通信員として、フランスの状況を報告する論説などを書き続けた。一八四八年以降は全身麻痺の症状が悪化して寝たきりの状態となりながらも創作を続け、一八五六年に五十九歳で亡くなった。

ハイネといえば一般的には抒情詩人として認知され、特に日本では『四季の歌』の歌詞にもあるように、第一印象は「愛を語る詩人」であるように思う。確かに特に初期のハイネの詩には愛を歌ったものは多い。しかしその愛はただ甘美なだけではなく、不安や悲しみを含んだ（ハイネの言葉を借りれば「蜂蜜に浸した痛み」のような）ものであることが、例えばシューマンの歌曲集『詩人の恋』の歌詞としても有名な『抒情的間奏曲』の詩からも見て取れる。またハイネの詩集をひもとけば、当時の社会を風刺的な視線で歌った詩も多くあることに気づくだろう。そのような特徴は、例えば美と愛の女神ヴィーナスと騎士タンホイザーの伝説をテーマにした『タンホイザー』（一八三七）のような詩の中にも見ることができる。そしてハイネは詩だけではなく、『旅の絵』（四部作。一八二六、二七、三〇、三一）、『ロマン派』（一八三六）、『ルテーツィア』（一八五四）など、批判精神や機知にとんだ評論文やエッセイなど散文の著作も数多く残している。それらの散文作品には日本語訳が出版されているものがあり、国内外の研究者によって研究対象として取り上げられてもいる。しかし戯曲というジャンルに関しては、ハイネの創作期のごく初期に、二作品が書かれたのみであり、しかもハイネ自身が文学作品としての出来の拙さを認めているせいか、ことに日本ではハイネ研究の周縁的存在にとどまっていると言わざるをえない。そのことはこの作品の日本語訳が、大久保渡氏による『悲劇　アルマンゾル――北と南は戦い続ける』（朝日新聞西部本社編集出版センター、一九八七年）があるのみで、それも今では市販されていないため入手困難であり、新たな翻訳もいまだ出ていないことや、国立国会図書館の記事検索で『アルマンゾル』を中心のテーマとした論文が、大久保氏のものをはじめ数点しか見当たらないということからもうかがえよう。しかしこの戯曲からも、ハイネの他の作品に通底する問題意識を見て取ることはでき、ハイネの文学を構成する重要なピースの一つとして、翻訳・研究する意義があるといえる。

## 2　『アルマンゾル』成立事情

ハイネが『アルマンゾル』の執筆を開始したのはボンで学んでいた一八二〇年のことである。一八一九年の十二月にボン大学の学籍登録を行なったハイネは、翌年の夏学期が終わった後、ライン川をはさんでボンの対岸にあるボイエルという村に約二ヶ月滞在し、そこで半分以上を執筆した。その年の秋にゲッティンゲン大学へ移ったハイネは、十月下旬には全五幕のうち第三幕までを書き上げた。残りの二幕については、翌一八二一年二月上旬には最後の半幕を残してほぼ書き上げていたことを、一八二一年二月四日のシュタインマン宛の手紙の中で言及している。その直後にハイネは、前年の十二月に起こした決闘事件によりゲッティンゲン大学を去り、親類や両親がいるハンブルクやオルデスローエを経て、一八二一年三月二十日にベルリンに到着し、夏学期からはベルリン大学で学び始める。『アルマンゾル』が完成したのはベルリンに落ち着いた一八二一年四月であろうと考えられている。

『アルマンゾル』は一八二一年十一月に、第二幕から第四幕の一部（作品全体の約半分）が、『ゲゼルシャフター』誌で八回に分けて、『アルマンゾル　劇詩からの断片』（*Almansor. Fragmente aus einem dramatischen Gedicht*）と題して連載された。ハイネの戯曲には『アルマンゾル』のほかに、同時期に書かれた『ウィリアム・ラトクリフ』があるが、一八二三年一月にハイネはベルリンの編集者フェルディナント・デュムラーに、これら二つの悲劇と、「民謡調のユーモラスな連作詩」[1]（『抒情的間奏曲』）を合わせた本の出版について打診し、そのわずか三ヶ月後の四月に、連作詩『抒情的間奏曲』を間に置く構成で、『抒情的間奏曲つき悲劇』（*Tragödien, nebst einem lyrischen Intermezzo*）がデュムラー社から出版された。その際『アルマンゾル』の幕場の区分は削除されたが、その理由は不明である。

『アルマンゾル』については出版直後に賛否両論の批評を受けたものの、最初の戯曲の評価としては、総合的に見ればとりわけ悪いということはなかった。しかしハイネ自身は『アルマンゾル』について、初めて書いた戯曲であるがゆえの引け目なのかもしれないが、完成直前の一八二一年二月四日のシュタインマンへの手紙で、全力を尽くして書いたが、優れた作品ではなく、それどころか悲劇という名に値しないということにも気づいていると述べた。[2] また一八二三年四月十五日のインマーマンへの手紙では、インマーマンの戯曲は台詞が冗長であるという欠点を指摘し、同時に自身の『アルマンゾル』にも同じ欠点があることを認めている。[3] 同様の指摘は批評家からもなされている。連作詩『冬の旅』などで日本でも知られる詩人で批評家のヴィルヘルム・ミュラーは、ハイネは詩の形式のほうが好きなのではないかと考え、「『アルマンゾル』は叙事詩的なものや抒情詩的なものが優位を占めており、外的な形式が戯曲であるにすぎない。〔…〕もっとまとまりがあり、繰り返しが少なければ、この作品はより印象深くなり、より戯曲らしくなっていただろう[4]」と述べている。

この冗長さについては、実際の舞台での上演においても問題視されたようである。『アルマンゾル』は一八二三年八月二十日にブラウンシュヴァイクで、当時著名な劇作家で劇場の舞台監督だったエルンスト・アウグスト・クリンゲマンの演出で一度だけ上演された。まずクリンゲマンは上演にあたって、元は五幕構成だったものを二幕に変更した。新しい第一幕と第二幕の切れ目は、アリーの屋敷のバルコニーに姿を見せたスレイマと、スレイマに会いに屋敷までやってきたアルマンゾルが言葉を交わした後、謎の人影が現れてスレイマにアルマンゾルと逃げるよう促す場面で、元々の第二幕の末尾だった箇所（本書七三頁）である。おそらく芝居の進行を円滑にすることを目的とした変更であろう。

また、クリンゲマンはハイネのテクスト自体にもいくつか手を加えている。その理由としてまず挙げられるのは冗長さの問題で、まず森の場面の冒頭で合唱隊が八十行にわたってスペインの歴史を語る部分（九四―九八頁）は削除された。また、長すぎる比喩表現も数箇所、長いものでは十二行にわたって削除された。テクスト変更の別の理由として宗教的な問題もあり、キリスト教とイスラム教に関するどぎつい表現が削除されたり、表現を変えられたりした。例えば「イスラムの湿っぽい礼拝所に澱んでいる日々のお勤めの気安さ」（八四頁）というスレイマの台詞や、スレイマの婚礼祝いの席で修道院長が異教徒の火刑について満足そうに語る台詞（一二〇頁）が削除された。

前述したインマーマン宛の手紙でハイネは「最初の作品においてこの障害〔＝冗長さ〕を免れた若い詩人はいません(5)」と述べている。自身の最初の戯曲である『アルマンゾル』においても同じ欠点があることを自覚していたハイネには、この先も戯曲の創作を続けていくなかで、いずれその欠点を改善してゆこうという考えがあったのではないだろうか。実際に『アルマンゾル』に続いて書かれた『ウィリアム・ラトクリフ』については「そのような非難は回避した(6)」と同じ手紙の中で述べている。しかしハイネは『アルマンゾル』と『ウィリアム・ラトクリフ』以降、戯曲は書かなかった。それは『アルマンゾル』初演時に起きた騒動が原因になっていると思われる。

前述の通り、『アルマンゾル』はブラウンシュヴァイクでクリンゲマンの演出によって初演されたが、その終盤の岩山の場面で、客席から一人の男が「馬鹿なユダヤ人の戯言に耳を傾けろというのか？　これ以上我慢できない！　この芝居を叩き出そう！」と叫んで口笛を吹き始め、一部の客がそれに同調した。客席内には騒ぎを鎮めようとする動きもあったが収拾はつかず、芝居は最後のアリーと騎士たちの台詞の前に幕が下り、そのまま打ち切られた。

この騒動についてハイネは、ベルリンの演劇サークルで知り合った劇作家カール・ケッヒーが妨害をしたのではないかと考えていた。主役アルマンゾルを演じたエドゥアルト・シュッツによると、作者ハイネの名前を耳にした男が、同じ名前のユダヤ人の金融業者と勘違いしたことによって起きたということである。いずれも確証はないが、DHAの解説によれば、当時ハイネがブラウンシュヴァイクではまだ作家として無名であったことから、名前の取り違えは起こりえたという。(7)しかし仮にこの騒動がハイネの作品やハイネ自身に直接向けられた批判ではなかったとしても、この出来事は以後のハイネを戯曲創作から遠ざけるのに十分な影響を与えるものだったということである。(8)

## 3　作品の舞台と時代設定

イベリア半島では七一一年に半島南端から、イスラム王朝であるウマイヤ朝の指揮官ターリク率いる軍勢が上陸した。その上陸地点は「ターリクの山」という意味のアラビア語「ジャバル・ターリク」と呼ばれ、現在のジブラルタルという地名の由来となった。軍勢は西ゴート王国軍を撃破して以降、北へ向かって支配地域を拡大し、わずか三年ほどでほぼ全域がイスラム支配下に置かれたイベリア半島は、ウマイヤ朝の属州としてアル・アンダルスと呼ばれた。キリスト教勢力においては、西ゴート王国を継承したアストゥリアス王国が「コバドンガの戦い」でイスラム軍に勝利したものの、西ゴート王国滅亡後のキリスト教諸国はいずれも小国だったため、イスラム勢力の優位が続いた。

その後七五〇年にウマイヤ朝は倒れてアッバース朝が成立したが、イベリア半島ではウマイヤ朝の残党によって、七五六年にコルドバを首都として後《こう》ウマイヤ朝が成立する。後《こう》ウマイヤ朝が一〇三一年に滅亡した後、イベリア半島のイスラム勢力はタイファと呼ばれる小国群が割拠する状態となったことにより、諸国間で勢力争いが絶えず起こり、そのことがキリスト教諸国の勢力拡大に有利に働いた。その後十一世紀から十三世紀にかけて、北アフリカに端を発するムラービト朝とムワッヒド朝がイベリア半島に進出してイスラム勢力の統合を図ったが、キリスト教勢力からアル・アンダルスを守ることはできず、形勢はキリスト教諸国が優位になっていった。キリスト教勢力とイスラム教勢力の境界線は徐々に南下し、十三世紀半ばになると、イベリア半島のイスラム教勢力に残されていたのは、半島南部のグラナダを首都としたナスル朝（グラナダ王国）のみとなっていた。

ナスル朝は侵攻してくるキリスト教国家のカスティーリャ王国に臣従しつつ、アフリカ北部のマリーン朝とも軍事的に提携し、イタリアのジェノヴァとの交易も行なって、その命脈を保った。しかし十四世紀に入るとキリスト教勢力に制海権を奪われて、軍事的にも経済的にも打撃を受けた。またナスル朝内部では、王位継承をめぐる勢力争いによる混乱も見られた。そのような争いはキリスト教側にも見られたが、一四六九年のアラゴン王国のフェルナンドとカスティーリャ王国のイサベルの結婚によって勢力の安定が図られた。一四八一年にグラナダ戦争が始まると、キリスト教勢力はグラナダを包囲して周辺の都市を占領していった。その間もナスル朝では王位継承をめぐる争いが見られたが、一四九二年にフェルナンドとイサベルがグラナダのアルハンブラ宮殿に無血入城を果たしてナスル朝は滅亡し、これをもってキリスト教徒による再征服（レコンキスタ）は終結する。

その後フェルナンドとイサベルのカトリック両王は、宗教によるスペイン統一を目指して、まずアラゴン、カスティーリャのユダヤ人にカトリックへの改宗か国外退去を迫った。しかしイスラム教徒に対しては、当初は降伏協定に基づいて、イスラムの信仰や慣習が尊重され、強制的なキリスト教への改宗の禁止が保証されていた。ところがトレドの大司教ヒメネス・シスネロスが一四九九年に降伏協定を破り、イスラム教徒の強制改宗やコーランの焚書などの強硬な手段を取った。これに反発したイスラム教徒たちは、一四九九年から一五〇一年にかけてアルプハラスなどで反乱を起こしたが、すぐに鎮圧された。このようなイスラム教徒の行動を受けて、一五〇二年にカスティーリャ王国の女王イサベルは、国内のイスラム教徒の改宗命令と国外退去命令を公布した。

『アルマンゾル』はこのようなキリスト教諸国とイスラム教諸国の争いの場となったイベリア半島を舞台に描かれる。『ゲゼルシャフター』誌での連載時には、「イスラム教徒たちがスペインから駆逐された時代」という註釈があるだけで、具体的な年代は示されていないが、作中で大司教ヒメネス・シスネロスがコーランの焚書を行なったことや、ハッサンが加わったイスラム教徒の残党たちによるシエラネバダの山岳地帯での反乱に対してアギラール伯爵が討伐にきたことへの言及があるため、おそらく一五〇〇年から一五〇二年ごろに設定されているのではないかと推測される。

DHAの解説によると、『アルマンゾル』の執筆時にハイネは大学の図書館からスペイン史やスペインにまつわる人物の伝記や旅行記など、スペインに関連するさまざまな資料を借り出している。前述のようなイサベル、フェルナンドのカトリック両王や、大司教のメンドーサやヒメネス・シスネロスなど、実在の人物や史実の出来事に関しては、これらの資料から情報を集めたと思われる。ストーリーの構想については、主にフケーの小説『魔法の指輪』（一八一三）の中で歌われる、グラナダのキリスト教徒とムーア人の王のロマンツェ（恋愛詩）、アラビアやペルシアの恋愛叙事詩『ライラとマジュヌーン』、ペレス・デ・イータの『グラナダの内戦』の三つの文学作品が『アルマンゾル』の構想に大きな影響を与えたと言われている。

ハイネが恋愛悲劇の主人公に、キリスト教徒とイスラム教徒を据えたのは、キリスト教徒によるレコンキスタ後のスペインにおけるイスラム教徒の状況を、ハイネが生きていた十九世紀ドイツのキリスト教社会におけるユダヤ人の状況の相似形としてとらえたからだという解釈が一般的である。つまり、ハイネが本来描こうとしたのは反ユダヤ主義的な社会に生きる被抑圧者としてのユダヤ人の問題であり、それを隠すために歴史的な衣装をまとわせたということである。

ハイネが『アルマンゾル』の執筆を開始する一年前、一八一九年にヴュルツブルクに端を発した反ユダヤ主義的暴動、いわゆる「ヘップ・ヘップ暴動」はドイツ各地に広まり、ユダヤ人が暴行を受けたり、ユダヤ人の商店や民家やシナゴーグが襲撃されたりした。またハイネは手紙で「この作品に自身の矛盾、分別、愛憎、そして狂気も含めて自分自身を投入した[9]」と書いている。これらを踏まえると、レコンキスタが完了した直後に、イサベルとフェルナンドのカトリック両王が、ユダヤ教徒やイスラム教徒に対してキリスト教への改宗か国外退去を迫ったという事実が、ユダヤの出自を持つハイネにこの時代のスペインに関心を持たせ、『アルマンゾル』の執筆に至ったというのは自然な解釈だといえよう。それに加えて、ハイネがスペインに関心を向けたのは、母方の祖先がイベリア半島出身のセファルディムだったからではないかという見解を、小岸昭氏が

『マラーノの系譜』で述べている。確かにハイネには、『アルマンゾル』以外に叙事詩『アッタ・トロル』（一八四七）や後期の詩『イェフダ・ベン・ハレヴィ』（一八五一）など、イベリア半島を舞台にしたり、スペイン由来の人物を主題にした作品がある。スペインという舞台を選択した理由がハイネ自身の出自に関わるというこの見解は非常に腑に落ちるもので、今後追及してみたい興味深いテーマである。

## 4　アルマンゾルとスレイマにおける愛の対立と調和

『アルマンゾル』には、「本が焼かれるところでは、いずれ人も焼かれるのです」（二三頁）という台詞が登場する。この台詞は、ナチス・ドイツの時代にハイネを含むユダヤ人をはじめ、「非ドイツ的」とみなされた作家たちに対する焚書と、ユダヤ人等に対する大量虐殺を予言的に示した警句としても有名である。一九三三年五月十日に焚書が行われたベルリンのベーベル広場（当時はオペラ広場）には、この台詞が刻まれたプレートが設置されている。歴史的な文脈にこの台詞を置くと、思想や人種による差別や不寛容が行き着く先にどのような世界が待っているかを示す端的な戒めとして、現代の私たちにとってこの台詞が持つ意味は重い。『アルマンゾル』という作品の文脈においても、この台詞はキリスト教徒によるイスラム教徒の排斥行為を伝える台詞として語られている。しかしこの作品には冒頭に詩句が掲げられており、それは「キリスト教徒とイス

ベーベル広場の焚書追悼記念碑。wikimedia commons

ラム教徒、北と南は争いあいますが、最後には愛が生まれ、安寧をもたらします」という言葉で締めくくられている。以下ではアルマンゾルとスレイマの対話の場面に注目して、「安寧をもたらす愛」とはどのようなものなのかを考えてみたい。

グラナダが陥落した後、アルマンゾルは養父母たちとイベリア半島を逃れてモロッコへ渡り、アラビアを目指したが、養父アブドゥラの勧めもあり、愛するスレイマに再会するために一人でスペインへ戻る。そしてアリーの屋敷でスレイマとの再会を果たしたアルマンゾルは、かつてのイスラム教のモスクを改築したキリスト教会（このような改築が実際に大司教ヒメネス・シスネロスによって行われた）へ足を踏み入れて、キリスト教徒たちの礼拝の様子と、教会内に描かれたキリストの受難の姿を目にしたことをスレイマに話す（八一頁以下）。ここから愛についての対話が始まるのだが、ここでの二人の話はどこか噛みあっておらず、アルマンゾルとスレイマのあいだでは愛というもののとらえ方が異なっていることが浮き彫りになる。

まずスレイマは、「愛そのものが、哀れな貧しい子として姿を現された」（八五頁）、「あなたが屍だと思ったあの方こそが、愛だったの」（八六頁）と言うように、イエスを愛の化身であると考えている。イエスはゴルゴタの丘で十字架にかけられて死んだが、それは自らの死をもって、すべての人間が背負う原罪を贖うためだったというのが、キリスト教の考え方である。つまりキリスト教においてはイエスの死が、人間に対して示された無条件の自己犠牲的な愛（アガペー）の証しであることから、この場面でスレイマは愛という言葉を、スレイマ個人にとどまらない普遍性を持つ宗教的な理念としての意味で用いていることがわかる。

しかしイスラム教徒であるアルマンゾルには、人間が背負う原罪や、それを贖うための自己犠牲的な愛というキリスト教的な概念は、理解の範囲を超えるものだったのだろう。イスラム教には原罪という概念がないからである。スレイマの口から愛という言葉を聞いたアルマンゾルは感激して、「この地上が愛の唯一の教会」であると言い、死をもってイエスが愛を示したというスレイマに、「愛を喪章の中にくるまないでくれ。〔…〕愛は君の胸の小部屋に住まっている」（八八頁）と言う。これらの言葉からは、アルマンゾルが愛というものを抽象的な天上の理念としてではなく地上のもの、つまり今生きているアルマンゾル自身のものとしてとらえているということ、また自身と同じ愛をスレイマも抱いているはずだと考えているということが読み取れる。

このようなアルマンゾルの愛という概念のとらえ方は、作中で変わることがない。アルマンゾルにとっての愛とは、あくまでもアルマンゾル自身がスレイマに対して抱く愛であり、スレイマを抱きしめて決して手放したくないという思いで一貫している。それに対してスレイマは、アルマンゾルと同じように彼のことを愛してはいても、この場面ではアルマンゾルの前でその思いを口にはしない。スレイマはアルマンゾルとキスを交わすものの、「ファッツマ様の今際の口づけ、受け取ったわ」（八八頁）というように、スレイマにとってそれはアルマンゾルからのキスではなく、彼の養母ファッツマが最期にアルマンゾルに残した「このキスを、スレイマに、私の娘に」という言葉に従って受けたファッツマからのキスなのである。スレイマはこの時すでにキリスト教徒のドン・エンリケと婚約していたため、アルマンゾルと再会してキスをされたことによる性愛的な喜びの感情を抑え込み、彼のことを「兄を愛するように」愛そうとしており、自らアルマンゾルを抱きしめることはしないのである。

この場面における二人の愛という言葉のとらえ方の相違は、ハイネがのちの著作『ドイツの宗教と哲学の歴史について』（一八三五）の中で述べた精神と肉体の対立関係を思い起こさせる。ハイネはこの著作で、キリスト教では善なる精神の世界と、悪なる物質の世界が対立させられたと述べ、キリストが表象するのは前者であり、後者はキリスト教において悪魔とみなされた異教の神々が表象していると述べた。こうして民間信仰や古代ギリシア・ローマの神話の神々が悪魔化されたことによって、精神と肉体の対立は精神が勝利をおさめ、肉体や感覚は邪悪なものとみなされて、キリスト教は精神偏重の状態に陥ったとハイネは批判的に述べている。ハイネはこのような精神偏重は人間にとって不健康であり、精神と肉体は調和して満たしあうべきだと考えていたのである。

この二項対立とその解消の試みは、ハイネの他の作品においてもさまざまに変奏されて現れてくるが、特に愛をテーマとした作品の例の一つとして『タンホイザー』という詩がある。この詩は、ローマ神話の愛と美の女神ヴィーナスとの肉欲に溺れた騎士タンホイザーが、それを悔い改めるためにローマへの巡礼の旅に出るという伝説に基づいて書かれているのだが、ハイネの詩では罪のゆるしを求めるはずのローマ教皇の前で、ヴィーナスのことを全身全霊で愛しているとタンホイザーは宣言する。それによってヴィーナスへの肉体的で感覚的な愛を罪とみなす、キリスト教的な価値観に対するハイネの懐疑が示されるが、ハイネは肉体が精神を凌駕することではなく、前述したように、両者が調和して満たしあうことを求めているのである。そのことは、結局ローマ教皇からゆるしを得られず、再びヴィーナスのもとへ戻ったタンホイザーが教皇を批判する言葉を口にせず、キリスト教からの決別の意志が示されないということから見て取ることができよう。

『アルマンゾル』に話を戻すと、この精神と肉体の対立と調和という問題意識は、すでに本作においても見て取ることができるのである。前述のアルマンゾルとの対話の場面で自分の気持ちを抑え込んでいたスレイマは、終盤になって態度を変化させる。アルマンゾルはスレイマの結婚式をイスラム教徒たちとともに襲撃し、気を失ったスレイマを岩山へ連れ去る。そこで意識を取り戻したスレイマは、自分が天国にいると思い込んだ。キリスト教徒しか天国へは行けないと修道院長から教えられていたにもかかわらず、イスラム教徒のアルマンゾルが自分のそばにいることを訝しむが、聖母マリアへの祈りが通じたのだと喜んで、「私は天国にいる。そして何より素晴らしいのは、アルマンゾルが私のそばにいることだわ。天国では自分を偽る必要はないのだから、心の内をありのままに打ち明けるわ。私はあなたを愛してる。愛してる、愛してるわ、アルマンゾル！」（二四〇頁）と、初めて自身が抱いていたアルマンゾルに対する愛情を吐露し、アルマンゾルの腕に抱かれることを望むのである。キリスト教徒だけが行けると教えられていた天国（と思い込んだ場所）で行われたスレイマのこの告白は、タンホイザーがローマ教皇の前でヴィーナスを讃美したように、キリスト教的空間でアルマンゾルの感覚的な愛を受け入れるというかたちで示されており、キリスト教的な価値観の相対化として解釈できるのではないだろうか。この告白がアルマンゾル本人に向けて行われたことで二人は結ばれる。つまりスレイマはキリスト教徒のまま、そしてアルマンゾルはイスラム教徒のままで、二人の愛は成就するのである。しかし二人はその愛を、直後に自ら死を選ぶことによって崩壊させる。死んだと思っていた実の息子であるアルマンゾルが生きていることを知ってアリーは喜び、アルマンゾルとの再会を願って騎士たちに捜索を命じていた。しかしその騎士たちが近づいてくる足音を、アルマンゾルは悪魔（あるいは追手）のそれと誤解し、「悪意に満ちた力」から逃れようとして岩山から飛び降りる。誤解が原因でアルマンゾルとスレイマが死ぬという結末は、異教徒間の相互理解の困難さを象徴しているようでもある。

最後になるが、訳者が参加している研究会「ハイネ逍遥の会」の発起人である一條正雄先生と、訳者の大学院時代の指導教授であり、研究会参加のお誘いをくださった宇佐美幸彦先生に、大いなる感謝の意を表したい。例会での議論や会誌への投稿を通じて、訳者の研究の歩みを支えていただいたことが、本書の刊行につながったと思う。また、本書の刊行のきっかけをくださった法政大学出版局の赤羽健氏からは、初めての書籍制作で右も左もわからない訳者への励ましと助言をいただいた。あわせて感謝の意を表したい。

二〇二五年一月

今本幸平

註

（1） HSA Bd, 20, S. 63.（以下 HSA20, 63.）（2024/3/28）

（2） HSA Bd, 20, S. 36.（2024/3/28）

（3） Vgl. HSA20, 80.（2023/10/25）

（4） Galley, Eberhard und Estermann, Alfred（Hrsg.）: *Heinrich Heines Werk im Urteil seiner Zeitgenossen*, Bd.1 Rezensionen und Notitzen zu Heines Werken von 1821 bis 1831. Hamburg: Hoffmann und Campe, Heinrich-Heine-Verl., 1981, S. 112.

（5） HSA20, 80.（2023/10/25）〔 〕の語句は訳者による。

（6） HSA20, 80.（2023/10/25）

（7） Vgl. DHA5, 412.

（8） Vgl. DHA5, 412.

（9） HSA20, 29.（2024/03/28）

## 翻訳、訳註、解説の参考文献


Heine, Heinrich: *Tragödien nebst einem lyrischen Intermezzo*. 2. Aufl., Hamburg: Hoffmann und Campe, 1857.

Heine, Heinrich: *Historisch-kritische Gesamtausgabe der Werke*, hrsg. v. Manfred Windfuhr, Düsseldorfer Ausgabe, Hamburg: Hoffmann und Campe, 1973ff.（DHA）

Heine, Heinrich: Sämtliche Schriften in 12 Bänden, hrsg. v. Klaus Briegleb, München, Wien: C. Hanser Verl., 1976.（B）

Heine, Heinrich: *Säkularausgabe. Werke, Briefwechsel, Lebenszeugnisse*, hrsg. v. den Nationalen Forschungs- und Gedenkstätten der klassischen deutschen Literatur in Weimar und dem Centre National de la Recherche Scientifique in Paris, Berlin, Paris: Akademie-Verlag / Editions du CNRS, 1970ff.（http://www.heine-portal.de/Projekte/HHP/）（HSA）

Galley, Eberhard; Estermann, Alfred（Hrsg.）: *Heinrich Heines Werk im Urteil seiner Zeitgenossen, Bd.1* 1821 bis 1831, Hamburg: Hofmann und Campe, 1981.

Hinck, Walter: *Konfessionsdialektik in Heines „Almansor"-Dichtungen*. In: Kortländer, Bernd; Singh, Sikander (Hrsg.): *„... und die Welt ist so lieblich verworren" Heinrich Heines dialektisches Denken*. Aisthesis Verl., 2004, S. 277–291.
Höhn, Gerhard: *Heine-Handbuch, Zeit, Person, Werk*, 3. überarbeitete und erweiterte Aurl., Stuttgart, Weimar: J. B. Metzler, 2004.
Jäger, Anne Maximiliane: *„Besaß auch in Spanien manch' luftiges Schloß" Spanien in Heinrich Heines Werk*, Stuttgart, Weimar: J. B. Metzler, 1999.
Kortländer, Bernd: *Heinrich Heine*, Stuttgart: Reclam, 2003.
Kruse, Sabine; Engelmann, Bernt: *„MeinVater war portugiesischer Jude...*", Steidl Verl.
Kuschel, Karl-Josef: *Heines „Almansor" als Widerruf von Lessings „Nathan"? Heine und Lessing im Spannungsfeld von Judentum, Christentum und Islam*. In: *Heine-Jahrbuch*, Bd. 44, 2005, S. 42–62.
Singh, Sikander: *Einführung in das Werk Heinrich Heines*. WBG, 2011.

池上岑夫ほか監修『新訂増補　スペイン・ポルトガルを知る事典』平凡社、二〇〇一年。

一條正雄『ハイネ』清水書院、一九九七年。

宇佐美幸彦「ハイネ『アルマンゾル』とインマーマン『ロンスヴォーの谷』」、『ハイネ逍遥』第十五号、二〇二二年、三九―六四頁。

ジョン・L・エスポズィト編『オックスフォード　イスラームの辞典』八尾師誠監訳、朝倉書店、二〇二〇年。

大久保渡「ハインリヒ・ハイネ『アルマンゾル　悲劇』試論」、『日本文理大学紀要』第十四巻第一号、一九八六年、九〇―九七頁。

大久保渡「ハイネにおける石の象徴――戯曲作品を中心に」、『九州ドイツ文学』第七号、一九九三年、八四―九九頁。

川成洋（編集代表）、菊池良生・佐竹謙一（編集）『ハプスブルク事典』丸善出版、二〇二三年。

川成洋『スペイン通史（シリーズ　コンパクトヒストリア）』丸善出版、二〇二〇年。

黒田祐我『レコンキスタの実像――中世後期カスティーリャ・グラナダ間における戦争と平和』刀水書房、二〇一六年。

小岸昭『マラーノの系譜』みすず書房、一九九八年。

塩尻和子『イスラーム文明とは何か――現代科学技術と文化の礎』明石書店、二〇二一年。

マレク・シェベル『イスラーム・シンボル事典』前田耕作監修・甲子雅代監訳、明石書店、二〇一四年。

関哲行・踊共二『忘れられたマイノリティ――迫害と共生のヨーロッパ史』山川出版社、二〇一六年。

立石博高・関哲行・中川功・中塚次郎『スペインの歴史』昭和堂、一九九八年。

立石博高編『スペイン・ポルトガル史』山川出版社、二〇〇〇年。

立石博高・塩見千加子編著『アンダルシアを知るための53章』明石書店、二〇一二年。

ハインリヒ・ハイネ『悲劇　アルマンゾル――北と南は戦い続ける』大久保渡訳、朝日新聞西部本社編集出版センター、一九八七年。

濱田信夫『迫害された宗教的マイノリティの歴史――隠れユダヤ教徒と隠れキリシタン』芙蓉書房出版、二〇二二年。

ハンス・ビーダーマン『図説　世界シンボル事典（普及版）』藤代幸一監訳、八坂書房、二〇一五年。

藤澤正明「自我と空間――ハイネの戯曲『アルマンゾル』について」、『世界文学』第七十九号、一九九四年、四〇―四七頁。

D・W・ローマックス『レコンキスタ――中世スペインの国土回復運動』林邦夫訳、刀水書房、一九九六年。

W・M・ワット『イスラーム・スペイン史』黒田壽郎・柏木英彦訳、岩波書店、一九七六年。

アルマンゾル

2025年4月14日　初版第1刷発行

著　者　ハイリンヒ・ハイネ
訳　者　今本幸平
発行所　一般財団法人　法政大学出版局
〒102-0071 東京都千代田区富士見 2-17-1
電話 03（5214）5540　振替 00160-6-95814
組版：HUP　印刷：日経印刷　製本：積信堂
装訂：山元伸子

© 2025 Printed in Japan
ISBN 978-4-588-49041-5 C0097

## 著　者

### ハイリンヒ・ハイネ（Heinrich Heine）

ドイツの詩人、作家。1797年にデュッセルドルフのユダヤ人家庭に生まれ、のちにプロテスタントに改宗した。初期の代表作である詩集『歌の本』の詩は、シューベルトやシューマンなどが作曲した歌曲としても広く知られる。三大詩集として、そのほかに『新詩集』と『ロマンツェーロ』がある。ハイネの詩には甘美な恋愛や美しい自然を歌う抒情性と、それに耽溺せずに一歩引いたユーモアと皮肉を含んだまなざしが同居し、その批判的精神ゆえに最後のロマン主義者であると同時に最初の現代的詩人とも評される。ハイネの作品はドイツにおいて検閲や批判を受け、1831年からパリに移住し、ドイツの新聞の通信員として、フランスの文化や社会について報告するジャーナリスティックな文章を執筆。1848年以降は病に侵され、寝たきりの状態になりながらも創作を続け、1856年に死去した。

## 訳　者

### 今本幸平（いまもと・こうへい）

津市立三重短期大学准教授。1975年生まれ。2006年に関西大学大学院文学研究科ドイツ文学専攻博士課程後期課程修了。博士（文学）。関西大学、京都教育大学、三重短期大学などの非常勤講師を経て2018年より現職。研究分野は19世紀ドイツ文学。ヴィルヘルム・ミュラーとハインリヒ・ハイネの作品を中心に研究している。主な論文に「ハインリヒ・ハイネとヴィルヘルム・ミュラー――愛、女性をめぐる『タンホイザー』と『美しい水車小屋の娘』の比較」（『ハイネ逍遥』第10号、2017年）、「『アッタ・トロル　夏の夜の夢』における熊の演説――「笑いの嫌悪」に関する小考」（『ハイネ逍遥』第14号、2021年）がある。